Martin Renoldner

Was hab ich verbrochen?

Ein Mühlviertel-Krimi

Bibliografische Information der Deutschen Nationalbibliothek: Die
Deutsche Nationalbibliothek verzeichnet diese Publikation in der Deut-
schen Nationalbibliografie; detaillierte bibliografische Daten sind im
Internet über dnb.dnb.de abrufbar.

©2021 Martin Renoldner
Foto Titelseite: Artur Pawlak/Pixabay, Foto S.216: Heike Derntl
Herstellung & Verlag: BoD - Books on Demand, Norderstedt, Deutschland
ISBN 9783755701224

Asylant erschlägt seinen Gönner

Aus purem Zorn metzelte Asylwerber den Besitzer seines Asylheims nieder

LEOPOLDSTAL. Der minderjährige illegale Flüchtling Ali S. aus Afghanistan genießt seit einigen Monaten die Vollpension im Asylheim von Leopoldstal. Am Parkplatz neben dem Asylheim hat der undankbare S. wohl gestern den 59-jährigen Sebastian K., der den Flüchtlingen sein Gebäude zur Verfügung gestellt hat, mit einem Pflasterstein erschlagen. Ursache dürfte ein Streit über die Verwüstung seiner Felder durch Flüchtlinge gewesen sein.

Anrainerin Samira K.: „Man kann hier nicht mehr sicher leben. Ich habe schon immer gewusst, diese Leute sind gefährlich! Man kann sie nicht einmal unterscheiden. Ich habe Angst um meine Kinder". Die 38-jährige traut sich Abends nicht mehr aus dem Haus.

Der Mittäterschaft verdächtig ist auch ein 62-jähriger Polizeibeamter, der unter ungeklärten Umständen am Tatort anwesend war. Für beide gilt die Unschuldsvermutung.

1. Kapitel

„Was hab i verbrochen...?" brummte Beer vor sich hin, als er in einem elegant gemeinten Ausholschwung sein rechtes Bein samt seinem stattlichen Waschbärbauch über den Fahrradsattel schwang. Im Grunde war er ja ein leidenschaftlicher Radfahrer. Aber an einem freien Montag um halb fünf aus dem Bett geläutet zu werden, das empfand er schon als eine besondere Form der Unmenschlichkeit.

Und solange es noch dunkel war in der Früh und dazu noch saukalt, und da es nun auch noch zu nieseln begann, da war schnell Schluss mit Leidenschaft. Und ein unbekannter Toter im Regen auf einem Parkplatz, das klang gleich noch viel weniger leidenschaftlich, mehr nach einem Arbeitseinsatz, der Leiden schafft.

„Was hab i verbrochen...?" wiederholte sich Beer. Warum eigentlich er? Warum nicht Leutnant Sepp Weimperl, der immer gut gelaunte Kollege aus Bad Schachter, der an jedem noch so elendigen Auftrag etwas Positives finden konnte, wenn er ihn nur nicht selbst ausführen musste? Weimperl musste doch Nachtdienst haben. Zusammen mit Mora Thöne-Burmeister, der energiegeladenen gertenschlanken Revierinspektorin mit ihren auffallend umfangreichen - nun ja - Belobigungen.

Klar, man sei in Leopoldstal bekanntlich personell zu knapp besetzt, hatte der Kollege vom zentralen Telefondienst gemeint. Das müsse er doch verstehen. Da müsse man schon zusammenrücken. Ah ja, und wohl aus dieser Not heraus mussten in den letzten Jahren sogar im Mühlviertel Frauen herhalten, dachte Beer, und brachten alles durcheinander, was über Jahrzehnte funktioniert hatte. Schon, dass sie nicht beliebig im Nachtdienst eingesetzt werden durften. Wenn sie schwanger wurden, gab es eine Fülle von Diensteinschränkungen und dann noch diese regelmäßigen körperlich-seelischen Befindlichkeitsstörungen.

Nein, Beer hatte nichts gegen Frauen im Allgemeinen und auch nicht im Polizeidienst. Nichts, was hilft, hätte seine Frau Gerlinde wohl an dieser Stelle ergänzt. Er schätzte Frauen in seiner Gegenwart. Er war es nur beruflich noch immer nicht gewohnt. Und Veränderungen fand er nicht immer leicht hinzunehmen. Und dass man sich nun im gemischten Doppel plötzlich nicht mehr gehen lassen durfte, wenn es sein musste, war tatsächlich gewöhnungsbedürftig. Unter Männern sagte sich manches leichter, war Beer überzeugt, konnten Bedürfnisse einfacher verbalisiert werden und weibliche Empfindungen außen vor bleiben. Man konnte in angespannten Situationen Druck ablassen - ob verbal oder körperlich - ohne dass gleich ein Skandal gesehen wurde. Und es wurde nicht gleich jede saloppe Bemerkung zur sexuellen Belästigung aufgeblasen. Man konnte ja nicht einmal mehr im vertraulichen Kollegengespräch in den Namen des allseits gefürchteten Generalmajors Beil ein undeutlich genuscheltes weiches D einfügen. Der Grat zwischen Aufmerksamkeit und Diskriminierung war sehr schmal geworden. Das hatte Beer schon am eigenen Leib verspürt. Sagte man einer Frau, sie sei attraktiv, war das eine Belästigung. Sagte man nichts, eine Unaufmerksamkeit. Vom Urfahraner Markt hatte er ein Lebkuchenherz mitgebracht und im Kaffeezimmer aufgehängt mit der Aufschrift: „Wia mas mocht is s foisch!" Es blieb nicht lange dort hängen. Er musste sich halt auch daran gewöhnen.

Nein, der Herr Leutnant und die Frau Revierinspektorin seien zu einer häuslichen Auseinandersetzung am anderen Ende des Bezirkes gerufen worden, sagte der Telefonkollege. Häusliche Auseinandersetzung. Beer kannte das. Nein, nicht mit Kolleginnen. Das hätte es in der Gendarmerie nicht gegeben. Frauen und Männer gemeinsam im Nachtdienst! Unbeobachtet im Patrouillenfahrzeug, wie man bei der Gendarmerie offiziell gesagt hatte! Dass dagegen noch keine der Frauenbeauftragten eingeschritten war, die seiner Meinung nach mitunter schon die Anwesenheit eines Mannes als sexuelle Gewalt empfanden, erstaunte Beer. Bei der Gendar-

11

merie waren die Männer nachts unter sich gewesen. So sehr das Wachzimmer, das nun Polizeiinspektion hieß, geblieben war wie es immer war, im Streifenwagen war alles verändert.

Häusliche Auseinandersetzung - das bedeutete, dass die Frau allein inmitten von zerborstenen Kleinmöbeln, Schnapsflaschen und Glasscherben weinend am Küchenboden saß. Der Mann war unbekannten Orts aufgebrochen, vermutlich Zigaretten holen oder weiter saufen. Wenn er nicht jenseits der Straße im Straßengraben ruhte. Und die Frau war im Halbschlaf über den Küchentisch gestolpert und hatte sich dabei blaue Flecken und blutende Verletzungen an Augen und Nase zugezogen. Die Nachbarn, die den Notruf abgesetzt hatten, mussten sich geirrt haben. Hatten wohl Geräusche aus dem Fernseher von gegenüber gehört. Der Mieter dort sei ja bekanntlich fast taub.

Nein, Anzeige wolle man nicht erstatten. Nein, Rettung oder Arzt würde nicht benötigt wegen der paar Kleinigkeiten. Das bisschen Blut sei schnell weggewischt. Es sei alles in bester Ordnung.

So eine häusliche Auseinandersetzung war meist in ein paar Minuten erledigt. Die halbe Stunde Schreibarbeit konnte man ja nachher in der Polizeiinspektion erledigen. Aber wo blieben Weimperl und Thöne-Burmeister dann so lang?

Häusliche Auseinandersetzung im Funkwagen? Hatte nicht Weimperl selbst begehrliche Blicke auf die auffallend blonde Mora gerichtet? Nun ja, wer nicht? Und hatte sie ihm nicht mit ihren unendlich langen für eine Blondine überraschend tief schwarzen Wimpern aufmunternd zugeblinzelt? Nun ja, wem nicht? Nicht nur Beer war das aufgefallen. Auch nicht, dass sie ihm nicht mehr zugeblinzelt hatte. Alle wussten es. Zwar kannte niemand Zeugen oder Beweise, doch alle hatten schon irgendwann irgendwo irgendetwas gehört.

2. Kapitel

Und nun ausgerechnet eine Leiche. Und das auf nüchternen Magen. Zum Frühstück war keine Zeit gewesen. Noch nicht einmal zu einer symbolischen Morgentoilette. Unrasiert war Beer nur schnell in seine Jogginghose gefahren und hatte die warme Softshelljacke übergeworfen. An Uniform war nicht zu denken. Die hing ja in seinem Spind im Wachzimmer.

Polizeiinspektion hieß das jetzt. PI sagten die sprechfaulen Kollegen, oder 3,14, den Wert der Kreiszahl Pi. Aber Beer war in seinem Innersten auch nach Jahren zutiefst ein Gendarm geblieben. Es sah auch noch immer aus wie die Wachzimmer vergangener Tage. Unpersönlich, verstaubt, ohne Pflanzen oder Bilder, hielt sich hier trotz modernerer Einrichtung noch der staubige Mief der kaiserlichen Bürokratie. Ärmelschoner gab es nicht mehr, aber hier brauchten sich Delinquenten nicht wohl zu fühlen. Und Polizeibeamte auch nicht. Es war schließlich ihr Arbeitsplatz und keine Wellness-Oase.

Stopp, falsch, es gab durchaus Bilder. Im Parteienraum hatte jemand den Bundespräsidenten und den Landeshauptmann aufgehängt. Links und rechts von einem – ja tatsächlich – Kruzifix. Wie der linke und der rechte Schächer. Beer glaubte sich zu erinnern, dass der Herrgott den rechten Reumütigen begnadigt, den linken Uneinsichtigen jedoch in die ewige Verdammnis geschickt hatte. War das politisch gemeint? Und um welches Links ging es da eigentlich? Das Links vom Betrachter aus gesehen, oder jenes Links aus dem Blickwinkel von Jesus? Beer fragte sich, wen er sich eher in der Hölle schmorend vorstellen konnte – den Landeshäuptling oder den Präsidenten?

Auf dem Bild des Präsidenten war anfangs eine Aufschrift zu lesen gewesen, irgendetwas über Menschenrechte. Das war nach ein paar Tagen verschwunden, aber das kümmerte niemand. Im Grund unterschied sich die Polizei von der Gendarmerie nur durch die Uniform. Seine letzte fast noch neue Gendarmerie-Ausgehuniform, die er als Organisator des letzten Gendarmerieballs vor der Zusammenlegung mit der Polizei im Frühjahr 2005 noch stolz getragen hatte, die hatte er sorgsam in Plastikfolie verpackt in seinem Schrank hängen.

Glücklich war er, dass es ihm gelungen war, sie zurückzuhalten. Sie war quasi sein privates Gendarmeriemuseum. Dazu hatte er einen Fahrradunfall mit einem Dobermann aus der Nachbarschaft erfinden müssen, nach welchem er die zerfetzte Uniform in die Mülltonne geworfen hätte. Und die Müllabfuhr – das zu glauben fiel den Vorgesetzten am schwersten – sei ausgerechnet an jenem Tag pünktlich gewesen.

Also genau genommen war Beer tatsächlich nach ein paar Bieren mit dem Rad gestürzt und hatte sich ein paar gut sichtbare Schrammen zugezogen gehabt. Aber um den Verlust der Uniform zu rechtfertigen, schien es ihm günstiger, den Kampfhund des Nachbarn einzubinden, der ja vielleicht wirklich keine Uniformen leiden hätte können.

An besonderen Tagen legte er die alte Ausgehuniform mit Stolz an und posierte vor dem großen Spiegel im Vorzimmer seines Reihenhauses. In der Tasche der Uniformjacke verwahrte er noch ein paar Keks, wie die Kollegen in grammatikalisch falschem Plural jene Sterne nannten, die an der Uniform nur für Eingeweihte den Dienstgrad erkennbar machten. Die wollte er sich gelegentlich noch zusätzlich ans Revers annähen lassen, um wenigstens in der Illusion seiner Karriere leben zu können. Gendarmerie-Leutnant Beer – das könnte er heute sein. Ja wenn...

Wenn sie nicht gewesen wäre. Gendarmerie-Gruppeninspektorin Grete Kummer. Bezeichnender Name. Nichts als Kummer hatte sie ihm bereitet. Nein, keinen Liebeskummer, ganz im Gegenteil. Nichts wäre ihm je ferner gelegen als eine Kummer-Nummer. Liebend – ja. Liebend gern wäre er sie losgeworden. Aber sie hatte die besseren Karten bei den Oberen – und nun musste er die letzten Jahre bis zur ersehnten Pension ihrethalben in der Polizeiinspektion Leopoldstal abdienen. So konnte aus ihm nun nicht mehr werden, was er sich eigentlich erträumt hatte: ein Kriminalbeamter im höheren Dienst.

Die Kummer-Gretl hatte eine seltsam abwechslungsreiche Karriere hinter sich. Bei der Gendarmerie war sie zunächst mit Beer als gleichrangige Kollegin im Patrouillenfahrzeug gefahren. Hochgradig unzufrieden mit allem und jedem war sie nach etlichen Jahren zur Polizei gewechselt. Ein paar Jahre später hatte ihr der bestens vertraute Gendarmerie-Major Gerald Munterer, mit dem man sie am Gendarmerieball durchaus ein Tänzchen wagen und Arm in Arm promenieren gesehen hatte, zurück zum Kriminalbeamtenkorps in Linz verholfen. Dort hatte sie nicht nur kein gutes Wort mehr über die Polizei verloren. Sie war auch wieder auf ihren ehemaligen Kollegen Beer gestoßen, diesmal allerdings als ihren Gruppenvorgesetzten.

Das war für sie wohl eine Zumutung gewesen. Seinerzeit als gleichrangige Kollegen waren sie noch eher vertraut gewesen, aber nach einer kleinen Meinungsverschiedenheit mit dem neuen Vorgesetzten hatte sie ihm in einer theatralischen Szene lautstark und vor Kolleginnen und Kollegen das „Du" entzogen. Für sie war das wohl eine schwere Strafe gewesen, doch Beer war es im Grund nicht einmal unangenehm, die Kummergretl siezen zu können. Aber der Haussegen zwischen ihnen hing seither schief.

Beer hatte den Eindruck, die Kummer sei von Beruf mehr unzufrieden als Polizistin. „Gestatten, Grete Kummer, Unzufriedene." In einer Teambesprechung hatte er einmal versucht, sie durch eine kleine Provokation zur Selbstreflexion zu verführen, wie er es in einem Führungskräfteseminar gelernt hatte. „Wenn ich morgens in den Dienst gehe," erläuterte er Augen zwinkernd, „klappe ich als erstes meinen Kalender auf und überlege, was ich Ihnen heute alles zu Fleiß tun könnte. Das schreibe ich in die To Do Liste und arbeite sie Punkt für Punkt ab."

„Ja, so kommt es mir auch vor!", bestätigte die Kummer. Fehlanzeige. Beer hatte eine andere Reaktion erhofft. Selbstreflexion war nicht nur keine Stärke der Kummer, sie existierte nachgerade nicht.

Mit ihrem guten Draht vor allem zum Major Munterer, den Beer bei sich Mitunter nannte, weil er froh war, ihm nicht allzu oft zu begegnen, hatte sie es geschafft, diesen über Jahre mit allerlei Informationen, die Beer selbst kaum erahnen konnte, ganz auf ihre Seite ziehen. Und Beer sank in der Achtung des Majors so tief, wie es nur irgend möglich war. Er hatte ausgeschissen, wie er mitunter deutlicher formulierte. Permanent hatte er sich gemobbt und gedemütigt gefühlt. Beer konnten ja keinerlei Dienstverfehlungen nachgewiesen werden. Trotz munterer Munterer- und Kummer-Bemühungen, etwas zu finden, um ihn loszuwerden. Alle wussten es. Zwar kannte niemand Zeugen oder Beweise, doch alle hatten schon irgendwann irgendwo irgendetwas gehört.

Ordnungsgemäß hatte Beer seinen damaligen Vorgesetzten im Kriminalbeamtenkorps, Leutnant Weimperl, laufend über diese Vorfälle informiert, sofern sie überhaupt offenkundig geworden waren. Das meiste hatte wohl im vertraulichen Austausch zwischen Munterer und Kummer stattgefunden. Allein Weimperl schien keinen Finger zu rühren. Die Kummer hatte ihn wohl auch um denselben gewickelt mit ihren Schmähungen. Und Weimperl war gewiss der Typ, der allen nach dem Mund redete, um nur selbst nicht ins Gerede zu kommen.

Alles Erfolgreiche hängte sich die Kummer an ihre üppige Brust, und alles Unangenehme schaffte sie, an Beer abzuschieben und ihn dabei möglichst noch oben so elegant anzuschwärzen, dass Beer stets als der Gelackte und sie immer als die Brave und Bedauernswerte ausstieg.

War eine Belobigung auszusprechen, ein Sonderurlaub zu gewähren oder eine Prämie zu verteilen, dann war Kummer zur Stelle. Musste hingegen jemand versetzt oder der Urlaub gestrichen werden, war Beer dran. Beer war von ihrer behaupteten Universalbegabung nur sehr rudimentär beeindruckt. Aber wenn sie etwas wirklich exzellent beherrschte, davon war Beer überzeugt, dann die unbemerkte Delegation unleidlicher Aufgaben nach oben. Good cop – bad cop, einmal anders rum. Und er fiel ihr immer wieder drauf rein.

Hatte sie ein genehmigungspflichtiges Anliegen, bezeichnete sie es als den dringenden Wunsch ihrer ganzen Gruppe. Und Beer, der grundsätzlich ja noch immer an das Gute im Menschen glaubte, versuchte, wenn möglich, der Truppe ihre Wünsche zu erfüllen. Er bildete sich zwar ein, die gebührende Dankbarkeit zu vermissen. Aber nur selten erkannte er im Gespräch mit den Kümmerlingen - im Grunde bedauerte er das Team, das unter ihr arbeiten musste -, dass es lediglich der Wunsch der Gruppenleiterin gewesen war, den sie mit Hilfe ihrer ahnungslosen Mitarbeitenden zu verstärken wusste.

Hatte Beer etwas genehmigt, so betonte sie, sie hätte das gegen den Chef durchgesetzt. Hatte er aber abgelehnt, so hatte sie wie ein Löwe für ihre Kolleginnen gekämpft, aber bei diesem sturen Chef keine Chance gehabt. Der Depp war immer der Beer – und er hatte lange gebraucht, bis er dies in seiner Gutmütigkeit durchschaut hatte.

War eine unangenehme Aufgabe zu lösen, lag sie ihm wochenlang in den Ohren, sie könne das nicht und Beer solle doch… Wie ein Kind vom Vater so erhoffte sie stets die Lösung ihrer Herausforderungen von oben.

Von wegen von oben! Von oben kamen keine Lösungen, war Beer überzeugt. Von oben kamen nur Weisungen: Anweisungen oder Zurechtweisungen. Anerkennung für erfolgreiche Leistung - Fehlanzeige! „Nicht getadelt ist genug gelobt." Von oben war nichts zu erwarten. Im Grunde erwartete ja auch Kummer nicht die Anweisungen von oben. Sie wollte nach eigenem Gutdünken tun. Aber wie ein Kind hoffte sie doch jedes Mal, dass Weimperl oder gar Munterer ihr die Probleme abnehmen und Beer auferlegen würde. Und war nicht selten erfolgreich damit. Gewesen. Bei der Gendarmerie. Und wenn er ihr die Last nicht zur Gänze abzunehmen bereit war, meldete sie nach oben weiter, dass sie von ihm nicht unterstützt würde.

Ständig machte sie Notizen, schrieb Emails und musste angeblich irgendwohin zum Rapport. Sie meldete sich sogar krank, damit er nicht mitbekam, dass sie schon wieder zum Major fuhr. Beer wollte sich gar nicht mehr vorstellen, worüber dieser Tram…, wie er sie bei sich nannte, also worüber diese Kollegin in ihrer ausufernden Phantasie verbal auf ihm herumgetrampelt sein mochte.

Manchmal hatte er heute noch den Geruch ihres aufdringlichen Parfums in der Nase. Patchouli. Sie war stets in eine dichte Wolke von Patchouli gehüllt. Beer kannte sich wirklich nicht aus bei Damenkosmetik. Aber Patchouli war ihm ein Begriff. Nicht nur von den Drogenrazzien in Kiffer-WGs, wo mit den unerträglichen Räucherstäbchen anderes zu überdecken versucht wurde.

Er sprach es mühlviertlerisch aus. Bodschuli, wie bodschert, weil es ihn an ihr ungelenkes Auftreten erinnerte, wie sie ihre Körperfülle mit irgendwelchen Batikbaumwolltüchern im 70er-Jahre-Stil verhüllt in ihren viel zu kurzen Röcken bewegte. Hätte sie doch nur Uniform getragen.

Bodschuli – das war der Geruch des Moders im dunklen Burgverlies, in dem den Buben seinerzeit am Pfadfinderlager bei Kerzenlicht Gruselgeschichten vorgelesen wurden. Einmal hatte er sich vor Angst in die Hose gemacht. Und das demütigende Gejohle der Wölflinge, wie die uniformierten Kinder genannt wurden, hallte immer noch in seinen Ohren nach, wenn die Bodschuli-Kummer an ihm vorbeimoderte: „Hosenbrunzer, Hosenbrunzer!"

3. Kapitel

Von diesen Erinnerungen noch weiter in emotionale Tiefen gezogen hielt Beer noch einmal an, warf sich am Ende der Zufahrt zur Reihenhausanlage in Positur und erleichterte sich in die Thujenhecke.

„GUSTAV!"

Wie eine Gewehrsalve traf ihn der gellende Schrei von seiner Haustür her. In den umliegenden Reihenhäusern gingen Lichter an. Hunde bellten, eine Katze lief pfauchend davon. Ob es sein eigener Kater Strophe war, konnte er im Dunkeln nicht erkennen. Strophe begehrte immer Einlass ins Haus und Futter, wenn sich jemand in der Nähe der Haustür bewegte. Doch das aufflammende Halogenlicht, das die Eigentümer nach einigen Dämmerungseinbrüchen quasi als Alarmanlage installieren hatten lassen, ließ die Szenerie plötzlich taghell und sehr wenig privat erscheinen. Und der Kater flüchtete laut pfauchend.

Beer hatte sich erfolglos gegen die Flutlichter gewehrt. Schließlich war sein eigenes Haus verschont geblieben. Aber einige Nachbarn schienen es ihm heute noch übel zu nehmen, dass er damals in ihren Häusern ermitteln, ja geradezu in ihrer Intimität herumstieren hatte müssen. In zugemüllten Wohnungen unter Dutzenden übelriechender Haustiere.

Und dass er angesichts dessen seinen Mund nicht hatte halten können.

Ja und besonders nachtragend war Mann. Herr Mann. Seine einzige Bildung schien seine Body Buildung zu sein, samt Glatze und Tattoos. Der war nicht nur ein Lackel von einem Mann, er hieß auch so. Nicht Lackel. Nur Mann. Der Vorname war Beer gar nicht mehr in Erinnerung, vielleicht Thomas, oder doch nicht? War das ein anderer?

Dabei wäre die Geschichte nur halb so schlimm gewesen, wenn die mäßig bekleidete jugendliche Dame in Manns Reihenhaus Frau Mann gewesen wäre. Dienstlich war Beer natürlich diskret. Aber Mann war wohl unsicher, was Beer seiner Gattin und Gartennachbarin beim gemeinsamen Schneiden der Thujenhecken womöglich zuflüstern würde. Auch der erfundene Vorwurf, sein Dobermann hätte Beers Uniform auf dem Gewissen, wurmte ihn wohl. Und so versuchte er bei jeder Gelegenheit, Beer ans Bein zu pinkeln.

Aber nun war ja erst mal Beer dran mit Pinkeln.

„GUSTAV! WIR HABEN EIN KLO IM HAUS"

Gerlinde hatte es mit einer Stimme, mit der sich Glas schneiden ließ, wieder einmal geschafft, ihn öffentlich zu demütigen. Die ganze Siedlung wusste, dass er ein Weichei und seine Göttergattin seine Kommandantin war. Alle wussten es. Zwar kannte niemand Zeugen oder Beweise, doch alle hatten schon irgendwann irgendwo irgendetwas gehört.

Das wurde Beer in diesem Augenblick klar. Nun hatten es alle wieder gehört und würden ihn wochenlang und, was noch viel schlimmer war, bei seiner bevorstehenden Geburtstagsfeier, mit dieser Peinlichkeit vorführen.

Dagegen waren ihre Jahrzehnte langen Toilettentrainingsmethoden ja ein Lercherlschas, wie Beer es zu nennen pflegte. Aber wie Gendarmen konnten wohl auch Kindergartenpädagoginnen lebenslänglich nie aus ihrer Rolle heraus, meinte er. Lebenslänglich – wie länglich war denn ein Leben? Über manche Begriffe konnte sich Beer nur wundern. Gerlinde würde wohl ihr ganzes längliches Leben lang nie aufhören, ihn erziehen zu wollen. Und er würde nie aufgeben, ein möglichst verhaltensauffälliges Kind zu sein. Lebensbreitlich, wenn das irgendwie möglich sein sollte.

Er musste ihr wohl wieder einmal ein Organmandat hinter den Scheibenwischer klemmen, wenn sie ihr smartes Zwergenauto vor der Hecke parkte, ohne zwei Fahrspuren freizuhalten. Er hatte sich dazu extra einen Block Organmandate besorgt. Die hätten durch neue, geschlechtergerecht formulierte, ersetzt werden müssen. Und mit der Vernichtung der übrig gebliebenen nicht gendergerechten Blocks hatte man Beer beauftragt. Welche Verschwendung! Ganze Kartons voller Blocks mussten einzeln geschreddert werden. Man konnte sie ja nicht einfach zum Altpapier geben. Da war halt auch ein Block zufällig in Beers innere Uniformbrusttasche gerutscht.

So konnte er seiner Gerlinde mitunter Strafmandate ausstellen und mit falscher Dienstnummer unterfertigen. Und wenn sie ihn dann bat, dies doch bei seinen bekannt übereifrigen Kolleginnen in Ordnung zu bringen, konnte er die Strafverfügung stillschweigend verschwinden lassen, und der Haussegen hing wieder gerade.

Er war es ja gewohnt, dass sie es nicht duldete, wenn er im Stehen urinieren wollte. In ihren ersten Jahren hatten sie ihre Geschäfte ungeniert voreinander im geräumigen Bad-WC verrichtet. Daher hatte er im Reihenhaus auch auf einem separaten WC bestanden, in dem er sich einschließen konnte. Und nur selten vergaß er, den Deckel zu schließen, ja hatte sogar noch einen selbst schließenden WC Deckel montiert. Aber sie duldete ja nicht einmal, wenn er die natürlichste Sache der Welt in natürlicher Umgebung verrichtete, und sei es mitten im Wald. „Aber für den Garten nur Biodünger kaufen", hielt er mitunter dagegen – vergeblich.

„Der Bär scheißt in den Wald, sagt das Sprichwort, und der Beer brunzt halt in die Scheiß-
Thujen", dachte er bei sich. Sinnlos hier irgendetwas
zu erwidern. Da konnte man noch eher einen Neo-
nazi überzeugen, sich gegen Corona impfen zu lassen. Zu verfahren war die Geschichte. Jahrzehnte-
lang verfahren. Und noch dazu vor allen Nachbarn
diese Peinlichkeit. Das hatte gerade noch gefehlt.

Nein, was das Stehpinkeln betraf, waren die
Nachbarn weitgehend auf seiner Seite, wie man in
vermeintlich unbeobachteten Momenten in den Rei-
henhausgärtchen mitunter beobachten konnte.

Aber er hatte Gerlinde wohl an die hundertmal
eindringlich gebeten, ihn vor anderen Leuten nicht
bei seinem Vornamen zu nennen. Den brauchte niemand zu hören. Dieser Name war die reinste Demütigung. Er hasste seinen Vornamen. Der hatte etwas
Unwürdiges, Tollpatschiges, Unfähiges an sich. Gustav bedeutete einfach Looser. So hieß man einfach
nicht. In Gustav konnte er nie etwas Sympathisches
ausmachen – obwohl er sich immer wieder vergeblich wie mantraartig vorzusagen versuchte, dass im
Gegensatz zum Ungustl der Gustav eigentlich ein
sympathischer beliebter Mensch sein müsse.

Beliebt war Beer als Polizist in der eigenen
Wohngemeinde nicht gerade. Beleibt war er geworden. Vielleicht deshalb. Manche bildeten sich sogar

ein, er würde nie ein Strafmandat zurückziehen und es bei einer Abmahnung belassen. So ein harter Hund sei der Beer. Oder so gerecht? Alle wussten es. Zwar kannte niemand Zeugen oder Beweise, doch alle hatten schon irgendwann irgendwo irgendetwas gehört.

Mama hatte wenigstens noch Gustl zu ihm gesagt. Da konnte man noch etwas Gendarmenhaft-Literarisches darin erkennen – Gendarmerie-Leutnant Gustl. Wenn er sich recht erinnerte, war Leutnant Gustl doch jene Novelle von Arthur Schnitzler, deren Handlung erstmalig zur Gänze im Kopf des titelgebenden Leutnants stattfand. Was sich in Leutnant Weimperls Kopf bewegen mochte, fragte sich Beer mitunter. Aber in Beers Kopf bewegte sich allerhand an Handlung, kaum war er einmal einen Moment unkonzentriert. Doch niemand würde ihm deswegen einen großartigen neuen Literaturstil nachsagen. Und Leutnant würde er auch nicht mehr werden können. Seinen Großvater, der Gendarmerie-Oberst gewesen war, konnte er ohnehin nie erreichen. Oberst Gustl hätte auch nicht halb so ehrfurchtsvoll geklungen.

Selbst seine Gendarmenkollegen, die ja nun auch alle Polizisten waren, nannten ihn Beer. „Sag einfach Beer zu mir", pflegte er sich vorzustellen. Und er ignorierte es, wenn sie ihn auf seine Statur anspielend Bär nannten oder dies sogar in Protokollen feixend festhielten: „Gruppeninspektor Bär nahm dem Ladendieb das gestohlene Honigglas ab." Es war ihm gleichgültig geworden. „Ob Brombeer oder Brummbär ist doch egal", grantelte er gern vor sich hin. Solange sie ihn nicht bei seinem Vornamen nannten.

Selbst auf seinem Türschild, als er noch eines hatte im Gendarmeriekommando, war auf seine Eingabe hin nur G. Beer gestanden. Türschilder gab es in der Polizeiinspektion nicht, wenn man nicht Kommandant war. Nicht einmal einen eigenen Arbeitsplatz hatte er mehr. Wie ein Bettgeher musste er irgendeinen gerade freien Schreibtisch und Computer benutzen. Und wenn er ging, musste alles Private entfernt und penibel aufgeräumt sein. Auch auf seinem Kleiderspind stand nur Beer und auf den Polizei-Visitenkarten seine Dienstnummer. Und nun wussten alle von seinem entsetzlichen Vornamen!

4. Kapitel

„Was hab i verbrochen…?", brummte er noch einmal, als er hektisch den von einer Kordel gehaltenen Hosenbund zuknüpfte, und trat in die Pedale. Sein Vater hatte oft so geseufzt, und meist noch hinzugefügt: „…dass mi der Herrgott gar so straft." Aber die frommen Sprüche hatten die frommen Menschen dem Beer schon lange ausgetrieben.

Für seine Frömmigkeit reichte es inzwischen, zu Fronleichnam und bei großen Beerdigungen in Leopoldstal schimpfende Autofahrer anzuhalten und durch Strafandrohungen zu besänftigen.

Als junger Rover bei den Leopoldstaler Pfadfindern hatte er noch brav der Kirche gedient. Denn obzwar die Pfadfinder sich als überparteilich und überkonfessionell bezeichneten, waren sie doch alle klar auf Seiten der Katholischen Kirche, bei der Jungen ÖVP, in der Raiffeisenbank und nach dem Militärdienst beim Kameradschaftsbund gewesen. Und mit derselben Selbstverständlichkeit war er in der Pfadfinder-Uniform und Fahnen schwingend zu Frommleichnam und Allah Seelen, wie er gern spöttelte, mit ruhig festem Schritt andächtig mitmarschiert. Ich hatt' einen Kameraden, einen besser'n find'st du nit.

Krieg und Tod als Naturkatastrophe, der man nicht entgehen konnte. Damit konnte sich Beer nicht abfinden. Darüber hinaus war er wiederholt von den Amtsträgern des Klerikalismus, den Pfarrern und Kaplänen und den damals erstmals in Erscheinung tretenden Pfarrgemeinderäten und Pastoralassistentinnen in seine Schranken ge- oder gar des Pfarrheims verwiesen worden.

Inzwischen wechselte er lieber die Straßenseite, wenn ihm etwa Langzeit-Pastoralassistentin Magistra Pia Pokorny begegnete, deren rundes begeistertes Strahle-Lächeln ihn stets an frisch lackierte Karussellpferde erinnerte. Sie kommunizierte in einem Tonfall, den man eher einer Zuckerbäckerin denn einer Theologin zugetraut hätte. Und Beer versuchte stets, dienstliche Angelegenheiten möglichst sachlich mit dem Pfarrer oder sonst so kurz wie möglich zu klären.

Die Pokorny hatte seit Generationen alle Schulkinder in katholischer Religion unterrichtet und zur Erstkommunion und Firmung geführt, jeder kannte sie, und sie wusste auch darzustellen, welche Bedeutung sie für die Pfarre hatte. War ihr etwa des Pfarrers Fastenpredigt zu lasch ausgefallen, nutzte sie die Gelegenheit der Verlautbarungen am Schluss der Messe, um noch ein Konter-Statement anzubringen. Etwa dass man durchaus etwas mehr fasten solle als der Pfarrer gemeint hätte, zum Beispiel Auto- oder Fernsehfasten. Oder sie organisierte eine Musik- oder Filmveranstaltung und verpflichtete dann mehr oder weniger die ganze Pfarre zur Teilnahme. Sie verteilte auch Listen, wen aus ihrem Umfeld man in den Pfarrgemeinderat wählen sollte und wen nicht. Beer tangierte das nur peripher. Er ging kaum zur Kirche und die Pfarrgemeinderatswahl ging ihm als einzige Wahl am Allerwertesten vorbei.

Wenn er bei der Erstkommunion oder beim Leopoldiumzug vor der Kirche den Verkehr regeln musste, konnte sie ihn wenigstens nicht mehr mit ihrem kindlich-lasziven Lächeln anflehen, doch wieder einmal zur Kirche zu gehen. Und von den kirchlichen Regelungen den Verkehr betreffend hatten sich schon die Ranger und Rover bei den Leopoldstaler Pfadfindern nicht wirklich betroffen gefühlt.

Doch als Rover Beer erkannt hatte, dass die höchste Ehre und das maximale Gestaltungspotential eines Pfadfinders darin besteht, das Osterfeuer aus dem Feuerstein eines Wegwerffeuerzeuges zu schlagen, da tauschte er nicht ungern die Pfadfinder-Uniform vorerst gegen die des Österreichischen Bundesheeres und danach gegen die der Bundesgendarmerie. Hier wollte er zu Sicherheit und Gerechtigkeit gestaltend beitragen. Wenn er damals nur geahnt hätte, dass er einst bei der Polizei enden würde... Da hätte er ja gleich Pastoralassistent werden können. Die trugen ja jetzt auch Messkleider als Uniformen und waren von Pfarrern kaum mehr zu unterscheiden.

5. Kapitel

Beers Gedankengänge verlangsamten sich etwas, als er den kurzen Anstieg nach Oberscharsing hinauf keuchte. Hatte er das not, sich hier an seinem freien Tag so zu verausgaben? Beim Radfahren gerieten seine Gedanken immer auf Umwege, zerfransten sich in vielerlei Richtungen und fanden oft nicht mehr zusammen. Ein Glück dass das Fahrrad mehr oder weniger von selbst den Weg fand, während ihm alle möglichen und unmöglichen Phantasien und Erinnerungen den Kopf verdrehten.

Er geriet wohl beim Radeln in eine Art Trance. Vielleicht weil - er hatte es mitgezählt - sein gemächlicher Tretrhythmus etwa 50 Hertz entsprach. Dem Rhythmus jener Melodien, mit denen fortschrittliche Landwirte ihre Kühe zu gesteigerter Milchleistung anzuregen und Mütter ihre Babys zu beruhigen versuchten.

Beer wunderte sich oft, dass er sich an gefahrene Strecken im Nachhinein nicht im Mindesten erinnern konnte. Dabei war nie irgendwas passiert. Radfahramnesie nannte er das.

Freilich hätte er hinten herum auf Güterwegen nach Leopoldstal hinunter zur Polizeiinspektion radeln können, um dort die ungeliebte Uniform anzuziehen, in der er nichts mehr gleich schaute. An seinem Geburtstag in der alten Ausgehuniform machte er noch was her. Aber in der eh nimmer ganz neuen Panier, wie man die Polizeiuniform intern nannte, fühlte er sich wie in einer Mischung aus Trainingsanzug und jener Arbeitskleidung für Handwerker, die es jedes Jahr beim Hofer gleich neben der neuen Polizeiinspektion zu kaufen gab. Da konnte er genauso gut in der Jogginghose amtieren.

Dabei war diese Uniform ja noch Gold im Vergleich zur aktuellen steifen Repräsentationsuniform der Polizei. Stolz drehten Leutnant Weimperl, Chefinspektor Mattes, der Kommandant der Polizeiinspektion, Bezirkspolizeikommandant Major Munterer oder der Personalchef der Landespolizeidirektion Generalmajor Magister Beil ihre Häupter in den goldenen steifen Krägen ihrer „Anserpanier" wie die Goldhaubenfrauen ihre glitzernden Kunstwerke. Und merkten gar nicht, dass sie aussahen wie die kaiserlich königlichen Eisenbahnschaffner in den alten schwarz-weißen Kostümfilmen mit Josef Meinrad oder Hans Moser. Wenn Weimperl derart ausstaffiert aufgetreten war, konnte man es noch nach Tagen erkennen. Sein Hals war so kurz, dass ihm das steife falsche Gold am Doppelkinn Scheuerwunden zufügte. „Hoffahrt muaß zwickt sein!", hätte Beers Oma dazu gesagt. Schönheit muss leiden.

Diesen Schmafu brauchte und wollte Beer nicht, wie er betont hatte. Aber er wollte auch nicht riskieren, seine Zivilkleidung im Dienst zu ruinieren. Die Neuanschaffung würde ihm niemand bezahlen. Und er fuhr lieber auf Asphalt. Diese Schotterwege, ausgeleiert und dreckverschmiert von den Erntemaschinen der Bauern, mit großen ausgefahrenen Schlaglöchern, die vom Bauhof der Gemeinde auf sein Ersuchen gelegentlich mit Schotter gefüllt aber schnell wieder freigelegt waren, waren bei Dunkelheit und Regen geradezu gefährlich für Radfahrer.

In Leopoldstal hätte er den Streifenwagen nehmen und blau fahren können, also mit der ganzen Disco, wie sie das nannten, Musik und Lichtorgel, spektakulär und wohlbemerkt am Fundort der Leiche auftauchen können. Als junger Gendarm hatte es ihm Spaß gemacht, derart Eindruck bei den Frauen zu schinden. Oder sich das zumindest einzubilden.

Im ehemaligen Landesgendarmeriekommando, wo er einige Jahre stationiert gewesen war, hatte er sich, nachdem die Kantine zugemacht hatte, bereit erklärt, für die Kollegenschaft Essen zu holen. Tatsächlich auch für die Bodschuli-Kummer. Und nicht nur einmal war er mit Blaulicht zurückgekommen, damit die Wienerwald-Hendln nicht zu sehr auskühlten. Das war natürlich streng verboten. Alle wussten es. Zwar kannte niemand Zeugen oder Beweise, doch alle hatten schon irgendwann irgendwo irgendetwas gehört.

Und als dann 2005 die Gendarmerie aufgelöst wurde und er darauf hoffte, bei der Kriminalpolizei etwas zu werden und eine spannende Aufgabe im gehobenen Dienst zu bekommen, wurde er zu Major Munterer zum Rapport zitiert, der ihm eine lange Liste aller vermeintlichen Verfehlungen präsentierte, die ihm die modernde Bodschuli-Kummer jahrelang zugetragen haben musste.

„Und dann war ja da auch noch die Geschichte mit den Blaulichthendln!", hatte Munterer am Ende seines Plädoyers geschimpft. „Ja aber ich wollte doch nur, dass Ihr Mittagessen schön heiß bleibt, Herr Major!", hatte Beer versucht sich zu rechtfertigen. „Sie waren immer kalt, obwohl Sie blau gefahren sind!" Munterer war ganz ruhig gewesen, wie immer, wenn er sehr wütend war. „Hätte ich Ihnen besser Rotlichthühner mitgebracht, Herr Major?" Das hätte er nicht sagen sollen.

Er habe eine Fürsorgepflicht für seine Mitarbeiter, betonte Major Munterer, und daher solle Beer gefälligst schauen, wie er an seinem neuen Dienstort Leopoldstal zurechtkomme, oder sich einen anderen Job suchen. Dort gäbe es Personalbedarf und er werde auch bekannte Kollegen wieder vorfinden. „Weimperl" - Beer durchzuckte ein eisiger Schauer. Die gesamte Körperbehaarung stellte sich ihm auf. Die Stelle eines Bezirksinspektors bei der Kriminalpolizei, um die er sich beworben habe, sei bereits anderweitig vergeben. Der Major nannte keinen Namen. Aber alle wussten es. Zwar kannte niemand Zeugen oder Beweise, doch alle hatten schon irgendwann irgendwo irgendetwas gehört.

„Leopoldstal ist doch eine schöne ruhige Wohngemeinde, wie Sie wissen, in der Sie Ihre Fähigkeiten einbringen können. Sie schaffen das schon." Der Major wollte zum Abschied einen beinahe versöhnlichen Ton anschlagen. Beer sollte also wieder Geschwindigkeit messen und Parksünder abstrafen.

Grußlos hatte er Munterers Büro verlassen. Im Vorbeigehen holte er tief aus und spuckte kräftig vor die Tür der Bodschuli-Kummer. Es moderte durch die geschlossene Bürotür auf den Gang heraus. Wenigstens diesen Mief musste er nicht mehr ertragen. Möge sie auf seiner Spucke ausrutschen und sich schwer verletzen und von keinem Beer mehr erwarten können, ihre Probleme zu lösen.

Nun würde weder in der Gendarmerie noch bei der Polizei etwas aus ihm werden. Ab 1.Juli 2005 hieß es ab in seinen Wohnort, strafverschärft durch die Zuteilung zu Leutnant Weimperl. Nun also in Gottes Namen wieder Blaulichtfahrzeug und Organmandate.

Aber Beer war nicht bei der Freiwilligen Feuerwehr, wo, wie ihm vorkam, manche jungen LKW-Fahrer ihre Männlichkeit demonstrieren wollten, weil sie am Weg zu einem auszupumpenden Keller oder steckengebliebenen Aufzug die verkehrslose Nachtruhe mit ihrem Tatütata beleben konnten. „Hallo hier bin ich, seht ihr wie toll ich diesen Spritzenwagen beherrsche!", schienen sie in die meist abwesende Damenwelt hinauszuposaunen.

Doch seit Beer diese seltsamen Störgeräusche im Ohr hatte, ging ihm das sogenannte Folgetonhorn, das längst zu einem elektronischen Sirenengewinsel mutiert war, nur mehr auf die Nerven. „Schalt aus", sagte er mitunter zu Kollegen, wenn sie die Sirene anstellten, „I brauch ka dünne Tussi, mir reicht mein Tinnitus."

Beim Oberscharsinger Bäcker war kein Licht. Beer hatte gehofft, dass er wie früher an der Rückseite beim Fenster anklopfen und auf die Schnelle zwei noch warme Semmerl sozusagen drive in erobern konnte als Frühstücksersatz. Er war länger nicht mehr da gewesen.

Seit der Leopoldstaler Bürgermeister Edwin Kleinhuber das neue Einkaufszentrum mit dem Hofermarkt eröffnet hatte, kam er nur mehr auf dienstlichen Durchfahrten herauf nach Oberscharsing. Es hatte ohnehin lange gedauert, bis Kleinhuber über eine komplexe Betriebskonstruktion rund um die Gemeinde alle Häuser am Hauptplatz in seinen Einfluss bringen und zu einem gleichsam modernen wie austauschbaren Nahversorgungszentrum mit Tiefgarage und Rolltreppen umbauen hatte lassen.

Zwei Gewerbetreibenden hatte er dafür Verkaufsflächen in Traumlage zu Diskontpreisen zusichern müssen, bevor sie bereit waren, ihre Häuser der Abrissbirne zu überlassen. Und in einem Fall hatte er tatsächlich auf den Tod eines sturen Querulanten warten müssen. Man munkelte, dass der Besitzer deswegen so rasch einen Platz im Altenheim der Gemeinde bekommen hätte, weil erwiesenermaßen die Überlebensdauer nach Schlaganfällen im Pflegeheim durchschnittlich geringer sei als in häuslicher Pflege. Alle wussten es. Zwar kannte niemand Zeugen oder Beweise, doch alle hatten schon irgendwann irgendwo irgendetwas gehört.

Und weil man im entwohnten Gebäude schon mal mit den Mess- und Planungsarbeiten für Abriss und Fundamentierung beginnen konnte. Immer mit dem Risiko, dass zufällig ein kleiner Wasserschaden entstand, ein Fenster zu Bruch ging oder ein paar Dachziegel nicht mehr zurecht geschoben wurden. Und weil auf Empfehlung des Bürgermeisters der Rechtsanwalt der Gemeinde als Sachwalter des greisen aber noch erinnerungsfähigen Grundbesitzers bestellt worden war. Der hatte die Interessen des Eigentümers zu wahren, seinen Besitz zu mehren, und das ging natürlich am besten, indem man mit der Gemeinde Leopoldstal einen angeblich großzügigen Kaufpreis für den Altbau vereinbarte.

Nun ja, der Zeitwert und der Leerstand und die Abrisskosten, das dämpft schon mal den verbücherten Wert. Und man munkelte, dass da auch etwas hinten herum an die Erben geflossen sei. Alle wussten es. Zwar kannte niemand Zeugen oder Beweise, doch alle hatten schon irgendwann irgendwo irgendetwas gehört.

Zur feierlichen Eröffnung der vollautomatischen Tiefgarage, deren Einfahrt am Platz des ohnehin in die Jahre gekommenen und undicht gewordenen Leopoldbrunnens direkt vor den Stufen zur Leopoldikirche errichtet worden war, war sogar der Betonlandesrat Simpl höchstpersönlich im Trachtenjanker erschienen, um mit den Marketenderinnen der Trachtenmusikkapelle mit dem einen und anderen Schnapserl anzustoßen.

Auf der mehrstöckigen Rolltreppe jubelte der Landesrat in seinem bekannt volkstümlichen Tonfall, "doss iatzn sogar Leopoldstal a moderne Kloastadt mit oana zeitgemäßen Sidation der Nahversorgung worn is. Und doss doda des Ortszentrum belebt und die Autos net am Ortsrand außi gschobn wern." Er hatte schon immer Sidation gesagt. Ob es mangelnde Fremdwortkenntnis oder die vielen Schnapserl waren – wer weiß das schon.

6. Kapitel

Kein Licht - kein Bäcker. War der Oberscharsinger Bäcker etwa auch dazu übergegangen, zugekaufte gefrorene Weizenschrippenteiglinge aus deutschen Brotfabriken mit polnischen Sklavenarbeitern in vollautomatische Auftauöfen zu schieben, um länger liegen bleiben zu können? Oder hatte der Hofer mit seiner Backbox gar den Bäcker schon auf dem Gewissen?

Das Oberscharsinger Bäckereilokal war zu, die Schaufenster von innen mit Papier verklebt. ZU VERMIETEN stand in riesigen Lettern darauf. Auch der Friseur und der Blumenladen waren verschwunden, vom gemütlichen Konditorei-Café, dem Elektriker und der Änderungsschneiderei keine Spur, selbst von der ehemaligen Tabak Trafik zeugten nur noch ein Zigarettenautomat und ein Briefkasten. „Zeitgemäße Sidation der Nahversorgung", grantelte Beer und versuchte, Simpls Slang nachzuspotten.

Im Grunde war ja auch Beer mittlerweile zum Hofer übergelaufen, seit der Supermarkt bequem neben seiner Dienststelle gelegen war. Das bereitete ihm plötzlich einen Anflug von schlechtem Gewissen. Jedenfalls gab es erst mal kein Frühstück. Und der Hofer sperrte sowieso nicht um halb 6 auf wie der Bäcker.

41

„Was hab i verbrochen…?", knurrte Beer erneut und sein Magen knurrte mit, als er das Rad den Hang nach Scharsing hinunter laufen ließ.

Bis zu 70 Kilometer pro Stunde hatte der Fahrradtacho hier schon angezeigt. Normalerweise genoss Beer dieses Gefühl des Beinahe-Fliegens, gepaart mit der Angst, was alles passieren könnte, wenn er nun zu Sturz käme. 90 Sekunden Nervenkitzel um null Euro. Wozu also teures Bungee-Jumping oder Fallschirmspringen, wenn man Puls, Blutdruck und Adrenalin auch kostenlos trainieren konnte.

Aber bei nasser Fahrbahn, Erdpatzen und Blättern, im Finstern und bei Nebel und Nieselregen – das war kein Honiglecken mehr. Die Felgenbremsen jeierten, als Beer vorsichtig gen Scharsing rollte. Noch über das kleine Brücklein, wo einem immer unerwartet Kurven schneidende Kraftfahrer entgegen kamen, und dann nach links.

Beer wunderte sich, wie hell ihm das Ortsschild entgegenstrahlte. Wie so oft lag Scharsing im dichten Nebel. Aber der schien sich bereits etwas zu lichten, noch bevor die Sonne Licht ins Dunkel des Bauerndorfes mit den angewachsenen Siedlungshäusern werfen konnte.

Bis zu den Fensterbrettern im Erdgeschoß konnte er sehen, darüber war dichter Nebel. Es hatte Sinn gehabt, eine sündhaft teure LED-Lampe aufs Rad zu montieren. Wenigstens heute.

Von weitem konnte er es schon entziffern: Scharsing. Schoasing sagte man hier dazu. Ein Ortsname, der Assoziationen auslöste. Beer hatte schon oft beobachtet, wie belustigt Menschen auf derlei Launen der Sprachgestaltung reagierten. „Wo kimmst her? Aus Schoasing? Ja mei...!"

Der Ortschaft hing etwas olfaktorisch Unerwünschtes an, ob man wollte oder nicht. Wenn schon die Scharsinger so abgewertet wurden, was mussten dann erst die armen Bewohnerinnen von Fucking über sich ergehen lassen? Aber die gehörten gottlob nicht zu Beers Zuständigkeit in Leopoldstal. Und wenn jemand über Scharsing spottete, musste er wenigstens keine sinnlose Anzeige wegen sexueller Belästigung aufnehmen.

Als er zu seiner Gerlinde in ihren Heimatort hergezogen war, vermutete Beer ja ursprünglich den Hintergrund des Ortsnamens in der Chormusik. Um sich mit den örtlichen Gegebenheiten vertraut zu machen, hatte er auf Gerlindes Drängen eine Konzerteinladung der Scharsinger Chorknaben angenommen. Ohne besonderer Fan von Chormusik zu sein hatte er dazu gehören und sich dann eben auch die in der Schar singenden Knaben anhören wollen. Diese genutzte Chance hatte ihn ordentlich über den

Ortsnamen aufgeklärt. Denn die Scharsinger Chorknaben hatten sich als ein kläglicher Rest eines vor-
mals vielleicht einmal mächtiger klingenden Män-
nergesangsvereins herausgestellt. Sechs oder sieben
zumindest in den hohen Siebzigern zu stehen Schei-
nende bemühten sich redlich, die Töne der reichlich
hoch gesetzten Chorpartituren annähernd zu erreichen. Bei einem Repertoir von „So nimm denn meine
Hände" bis zu „Veronika der Lenz ist da" blieb da
kein Auge trocken. Und mancher nicht vorgesehene
Lacher war dem überschaubaren Publikum ent-
schlüpft.

An Stammtischen in den wenigen noch existie-
renden Wirtshäusern ging es zwei Ebenen unterhalb
zu. Beer war aufgefallen, dass die Menschen offensichtlich fürs Essen, für das Gegenteil, und für den
Sex das umfangreichste Vokabular zur Verfügung
haben. Halt für alle Grundvollzüge des menschlichen Lebens. Oder wofür sie sich halt am meisten
begeistern konnten.

Erst kürzlich hatte er es erlebt: Die Erweiterung
der großen Turn- und Mehrzweckhalle von Leopoldstal war vom Rechnungshof beanstandet worden. Die ausladende Rechtfertigungsrede durch
Bürgermeister Kleinhuber ließ das Volk zu Beginn
der Eröffnungsveranstaltung des Kulturausschusses
in der Halle gähnend über sich ergehen. Aber als ein

Komiker kurz darauf einen Furz simulierte, tobte der Saal vor Begeisterung.

Die Leute waren halt mit jedem Schas leichter zu begeistern als durch Klarheit und Transparenz, sagte sich Beer. Einfache Antworten auf komplizierte Fragen kamen vor allem bei den immer mehr werdenden Fans der Populisten und Verschwörungstheoretiker halt besser an. Da hätte der längst verstorbene Kanzler Sinowatz noch tausende Male sagen können: „Schauen Sie, die Sache ist sehr kompliziert." Das wollten die Leute nicht hören. Sie wollen Antworten, die sie auch verstehen. Die dort sind schuld, wir sind die Helden und befreien euch davon. Das war in Österreich schon immer gut angekommen. Oder volkstümlicher ausgedrückt: Fressen, saufen, schnackseln – davon verstanden alle was. Den Rest sollten die oben richten. Brot und Spiele, nannte man das wohl früher, dachte Beer.

Beer fragte sich, ob es wohl Exil-Österreicher gewesen waren, die den rechten Parteien in Polen oder Israel die Namen Pis oder Schas-Partei gegeben hatten. Als Mitglied der Pis-Partei könnte Stehpinkler Beer sich seiner Frau gegenüber besser rechtfertigen. Und „Scharsing wählt Schas" – das würde mehr begeistern als die unrhythmischen Knittelreime, die überall herumhingen.

7. Kapitel

Noch 200 Meter bis zur Leiche. Beer hasste Leichen. Schon als Kind hatte man ihm eingetrichtert, tote Tiere nicht anzugreifen wegen des Leichengiftes. Nicht einmal die toten Leiber seiner verstorbenen Eltern hatte er berühren wollen.

Einmal hatte er zusehen müssen, wie die Feuerwehr einen toten Unglückslenker aus dem Wrack schnitt. Das hatte ihm gereicht. Gern hätte er die angebotene psychologische Beratung in Anspruch genommen. Aber wer das getan hatte, galt unter Kollegen als Psycherl und Looser. Ein richtiger Mann steckt sowas weg. Und ein richtiger Mann wollte Beer durchaus sein. Einer, der es zu was brachte in der Gendarmerie.

Aber gleich an einem der ersten Polizei-Tage in Leopoldstal - Beer war zum Spätdienst unterwegs gewesen - war im Ort der Bär los. Dutzende Feuerwehr- und Polizeiautos drängten sich um das Einsatzzentrum, Feuerwehrer, uniformierte und zivile Beamte schoben sich um einen in der Feuerwehrgarage abgestellten Anhänger. Die Anhängerdeichsel ragte Beer steil nach oben entgegen, und man konnte erkennen, dass an der Hinterseite des Anhängers Wasser auslief. Eine der Leopoldstaler Feuerwehren hatte einen mehrfach ausgezeichneten Wasserbergetrupp.

Als Edwin Kleinhuber zum ersten Mal als Bürgermeister der zusammengelegten Gemeinden Leopoldstal und Scharsing kandidiert hatte mit dem Anspruch, für Leopoldstal die Stadtrechte zu erlangen, hatte er ja allen vier Feuerwehren neue Ausrüstung und bauliche Verbesserungen versprochen. Und sie hatten ihn wohl alle brav gewählt. Als er dann sein Wort einlösen hätte sollen, kündigte er eigenmächtig an, die vier Feuerwehren zu einer schlagkräftigen zusammenzulegen, für die er auf einem seiner Grundstücke ein hypermodernes Einsatzzentrum plane, das Vorbild für ganz Österreich werden würde.

Allein die Ankündigung hatte ihn allerdings bereits verpflichtet, anstatt der zahlreichen enttäuscht ausgetretenen Feuerwehrmänner und -frauen alle Mitarbeiterinnen und Mitarbeiter der Gemeinde und ihrer zahlreichen Betriebe zur Feuerwehr zu verpflichten. Er hätte sonst die vorgeschriebene Mannstärke noch nicht einmal mit Frauen erreicht. Und bei Alarm wären daraufhin stets die gemeindeeigenen Ämter und Betriebe nahezu unbesetzt geblieben.

So blieb es also doch bei vier Feuerwehren, und er musste die versprochenen Zusagen für Sanierungen und Ausrüstung halten. So kam auch die Freiwillige Feuerwehr Unterscharsing zu einem zeitgemäßen motorisierten Feuerwehrboot.

„Wie lang liegt denn der scho drinnat?" Hörte Beer einen der Zivilbeamten fragen, als er sich neugierig dem Anhänger näherte. „A paar Wochen", lautete die Antwort. Mehr brauchte Beer nicht. Auf eine Wasserleiche war er nicht neugierig. Er nahm auch schon einen penetrant unangenehmen Geruch wahr. Das war doch … Verwesung … oder nein … eher Moder … Aus dem Augenwinkel bemerkte er eine ungelenke Bewegung eines gebatikten Baumwollbündels - noch ein Grund, hier schnell abzuhauen.

Ein ziviler Pkw, der ihm nur zu bekannt vorkam, parkte mit dem Heck direkt am Schutzweg – das durfte er sich nicht gefallen lassen. Im Vorbeigehen knallte er noch schnell eine saftige Organverfügung an das Auto von Bodschuli-Kummer. Eine echte, gegenderte. Parken im absoluten Halteverbot und Behinderung einer behördlichen Maßnahme.

Das würde ihm sicher einen Rapport zum Kommandanten eintragen. Aber das war es ihm wert. Erst in der Polizeiinspektion hatte er herausgefunden, dass die Feuerwehr keine Wasserleiche sondern einen aufgeschweißten Tresor aus dem Stausee geborgen hatte, der vor ein paar Wochen bei einem Juwelier aus der Mauer gestemmt und geraubt worden war.

Aber derart spektakuläre Fälle gab es in Leopoldstal nur alle paar Jahre einmal. An sich war ja Leopoldstal trotz aller Bemühungen, aus ihm eine unwirtliche Stadt voller ideenloser Wohnklötze zu schaffen, ein verschlafenes Kaff geblieben. Spät-Barack nannte Beer diesen Baustil für sich. Die Menschen stauten sich in der Früh einzeln in ihren SUVs auf der Schnellstraße zur Arbeit und am Abend wieder zurück. Hier brauchten sie noch einen Supermarkt, ein Bierzelt, einen Fußballplatz und Kabelfernsehen mit 99 Programmen.

Maximal konnte die Vorweihnachtszeit ein wenig Aufregung in die Polizeiarbeit bringen. Beer war ein paarmal zum Telefondienst der Aktion Licht ins Dunkel abkommandiert worden. Wurde aber bald wieder ersetzt – er hatte sich vor laufender Fernsehkamera am Telefon mit „Licht ins Dünkel" und „Ist da jemand?" gemeldet.

Und seit Corona hatte die Gemeindeleitung auch erkannt, dass es weniger Arbeit machte, den Leopoldstaler Advent ebenso wie die sommerlichen Kultur- und Kinderprogramme abzusagen.

Nur wenn an den zahlreichen Punschständen für einen guten Zweck zu viel gesoffen worden war, gingen den Leopoldstalern schon einmal die Nerven oder die Fäuste durch. Und als beim Punschstand des Kegelvereins auch noch Falschgeld aufgetaucht war, gingen die Wogen über. Beer musste den gar nicht schlecht gefälschten Hunderter entgegen und die Anzeige aufnehmen. Als er aber dem Oberkegler weder den falschen noch einen anderen Hunderter aushändigte und der Verein daher den Verlust tragen musste, rissen dem Kugelschwinger die Ketten und er begann ohne Kugel Schwinger auszuteilen und bezeichnete Beer als Falschen Fuffzger. Zu dritt hatten sie ihn überwältigt und ihm über Nacht ein gemütliches Quartier bereitet.

Aber das ist Polizeiroutine und bald wieder vergessen. Noch nicht einmal ein Asylheim konnte wirklich Unruhe in den Ort bringen.

Und ausgerechnet bei diesem Asylheim musste nun eine Leiche liegen. Wo doch gewisse Leute eh so heikel auf die neu zugezogenen Bewohner reagiert hatten. Nein, nicht Bewohner und Bewohnerinnen. Fast nur alleinstehende Männer. Allein stehende. Nun ja, manchmal saßen oder lagen sie auch oder spielten gar Fußball am benachbarten Wirtshausparkplatz. Irgendwie sahen sie ja wirklich alle gleich aus, fand Beer. Er konnte schon auch Mitleid mit ihnen empfinden, aber im Grunde war er froh, dass er nicht viel mit ihnen zu tun hatte. Kriminalität war bis dato kein Thema gewesen im Asylheim, trotz mancher Unkenrufe aus der Bevölkerung.

Hormonbomben hatte ein Bewohner sie bei der Bürgerinformation damals genannt. Und das war noch nicht das schlimmste Vokabel, das dort gefallen war. Und eine Nachbarin hatte Angst um ihre Kinder gehabt, die am Schulweg an dem Gebäude vorbei gehen müssten. Wer weiß, am Ende ernährten sich ja Syrer und Afghanen vorwiegend von zartem Kinderfleisch. Und erst die Ne…, also die Dunkelhäutigen, bei denen man keine Vorstellung hatte, wo deren Herkunftsländer eigentlich lagen. Gab es etwa in Somalia noch Kannibalismus?

Der makabre Gedanke erheiterte Beer - er erinnerte ihn an ein T-Shirt, das er gesehen hatte, mit der Aufschrift: „Ich mag Kinder. Schmecken wie Hühnchen."

Beer war ja selbst kinderlos geblieben. Einerseits war das schon traurig, anderseits hatte er so mehr Zeit zum Angeln. Obwohl er Kinder gern hatte. Er hielt gern Verkehrsunterricht und ähnliches. Die Kinder bewunderten ihn und waren so dankbar, wenn er sie bei Ausflügen zur Polizei im Streifenwagen ein Stück mitnahm und die Sirene drücken ließ. Für diese Kinder war er jemand. Da fühlte er sich wohl. Aber dass die Scharsinger fürchteten, die Asylanten würden den Kindern was tun, fand er schon erschreckend. Hatten wohl seit Hatschi Bratschis Luftballon keine Bücher mehr gelesen.

8. Kapitel

Gesteckt voll war der Saal gewesen, nicht einmal Stehplätze gab es mehr. Aber als wenige Minuten nach Beginn ein kleiner Mann vor der Tür erschien, erhob sich sofort jemand in der Mitte der ersten Reihe und machte ihm Platz.

Es war Sebastian Kavalier gewesen, ein Großgrundbesitzer, nein, DER Großgrundbesitzer aus Leopoldstal. Er galt als Gönner der Gemeinde, von dem sie manchmal zu recht ordentlichem Preis kleine Grundstücke erwarb. Der verkaufte immerhin, während andere noch zuwarteten, ob noch und noch mehr Geld herauszuschlagen wäre. Zugleich war er auch bekannt dafür, dass er nicht ungern gegen andere vor Gericht zog, sodass kaum jemand, nicht einmal der Bürgermeister, wagte, sich seinen Wünschen zu widersetzen. Vielleicht wurde Herrn Kavalier auch deshalb der erste Platz im Saal angeboten, weil manche ihn als quasi eigentlichen Lehensherrn und Ortskaiser betrachteten und auch fürchteten. Er war auch Besitzer des Asylheimes, das er auf Geheiß des Bezirkshauptmannes an einen Verein vermietet hatte. Mit diesem konnte er einen wesentlich verlässlicheren und besseren Reibach machen als zuvor mit Dutzenden läufiger Damen aus aller Damen Länder.

Für die Scharsinger und Leopoldstaler war er meist einfach der Klavier. Das war einfacher zu merken und auszusprechen. Aber wo der Klavier hinkam, wurde ihm sofort ein Ehrenplatz zugeteilt. Auch in den Gasthäusern, in denen er gern und ausgiebig zu trinken pflegte, und mitunter auch von seiner Frau oder gar der Polizei abgeholt und nach Hause gebracht werden musste. Wenigstens setzte er sich in diesem Zustand nicht ans Steuer.

Bürgermeister Edwin Kleinhuber hatte in der Versammlung alle Hände und sein Mundwerk voll zu tun gehabt, um den Volkszorn zu besänftigen. Der kleine Mann mit den winzigen Ohren rang nach Worten. Wenn er vom Schicksal der Geflüchteten sprach, standen ihm Tränen in den Augen und die Stimme schien ihm zu versagen, so sehr konnte er sich hineinsteigern. Auf kritische Fragen von Eingeborenen reagierte er aber wie gewohnt mit scharfzüngiger Härte und Killerphrasen. Trotzdem hatte er ganz schön mit seinen auffallend großen Händen zu rudern.

Unerwartete Hilfe ward ihm erst zuteil, als einer von ganz rechts hinten gebrüllt hatte: „Wir sind doch alle hier, um diese Gefahr von uns abzuwenden. Oder ist jemand da, der dieses Gesindel hier im Ort haben will? Der soll aufstehen!" Kurz fragte sich Beer: „Wer ist denn dieser Brüllaffe?"

Nach kurzer spannungsgeladener Stille hatten sich die ersten erhoben. Und das Aufstehen hatte kein Ende mehr genommen. Schlussendlich waren gut drei Viertel des vollgestopften Gemeindesaales aufgestanden und der Brüllaffe ward bald darauf nicht mehr gesehen.

Beer als anwesender Vertreter der örtlichen Polizei konnte dahingehend beruhigen, dass in den Asylheimen des Bezirkes keinerlei Schwerverbrechen bekannt seien und die Polizei meist allenfalls als Postbote zu erscheinen hatte, um irgendwelche Bescheide zuzustellen.

Und kaum war einigermaßen Ruhe eingekehrt, kaum hatten sich die besorgten Nachbarn halbwegs daran gewohnt, dass es auch dunkelhäutige Scharsinger gab, musste das passieren. Ein Toter auf dem Wirtshausparkplatz neben dem Asylheim. Das gab sicher wieder Aufruhr.

Beer radelte durch die Begegnungszone – die einzige Möglichkeit, mit dem Rad die erlaubte Geschwindigkeit zu überschreiten. Das erfüllte ihn heimlich immer wieder mit Genugtuung, auch weil er wusste, wann die Geschwindigkeit hier gemessen wurde. Hier stand er selbst häufig mit dem Lasermessgerät im Anschlag. Anfangs hatte er sich ja gegen solche Anfängeraufträge gewehrt, aber mehr und mehr fand er Gefallen daran. Es war ein bisschen wie Angeln.

Man stand den ganzen Tag in der frischen Luft herum und ließ seine Gedanken schweifen, mit etwas Glück stellte sich jemand zum Tratschen ein, und ansonsten hatte man seine Ruhe. Musste nicht am Kommissariat sitzen und in die veralteten Computer tippen. Alle heilige Zeit biss dann einmal einer an. Einer. So weit gegendert war man bei der Polizei noch nicht, dass nach RaserInnen, GeisterfahrerInnen oder unbekannten TäterInnen geforscht wurde.

Und Beer machte sich - obwohl selbst katholisch - einen Heidenspaß daraus zu entscheiden, wann jemand abgestraft oder nur abgemahnt wurde. Wer ihm eine Ausrede auftischte, die er noch nicht kannte, kam mit einer Abmahnung davon. Seine Stammkunden wussten davon und bemühten sich eifrig. Aber oft geschah es nicht mehr, dass er nur abmahnte. Es hing ihm ja auch der Ruf nach, er würde selbst seiner eigenen Frau Strafen auferlegen. So objektiv und unbestechlich sei er. Oder so hart und grausam. Beer konnte sich gar nicht vorstellen, wer solche Gerüchte in die Welt setzen konnte. Denn sein kleines Geheimnis mit dem alten Organmandatblock hatte er keiner Menschenseele erzählt. Ob sie ihm gar am Ende auf die Schliche gekommen war und selbst solche Gerüchte verbreitete, ohne mit ihm zu reden? Beer konnte das nicht glauben. Aber Polizisten traute man ja wohl oft allerhand zu.

Neuerdings musste er häufig vor der Volksschule messen, wo die Autos mit hohem Tempo vorbei rasten. Eigentlich sollte da ja ein Zebrastreifen sein. Um einen solchen bewilligt zu bekommen, war um einen hohen Betrag eine geringfügige Fahrbahnverengung errichtet worden. Schon in Vorbesprechungen hatte Beer gewarnt, das würde nicht genügend Bremswirkung bringen. Aber als die Verkehrsmessung dann tatsächlich zu wenig Verzögerung ergeben hatte, um einen Schutzweg zu genehmigen, waren plötzlich alle sehr überrascht. So musste also wieder einmal die Polizei aushelfen, um die Tempobremse doch noch zu erzwingen. Im Grunde war das ja langweilig. Er bräuchte das Lasermessgerät gar nicht zu bedienen. Von Weitem sichtbar fuhr niemand mehr zu schnell an ihm vorbei. Immerhin, das war das Ziel. Ein Blechpolizist hätte es auch getan.

Wenn Beer etwas zu reden hätte, er würde dort so einen Stahlkameraden positionieren. Und nur manchmal zu wechselnden Zeiten würde er ihn wegräumen und sich selbst in der gleichen Körperhaltung dort aufbauen. Oder hinter der Blechskulptur verstecken. Ha, da würden die besserwissenden Raser aber schauen, dass der Pappkamerad sie wirklich blitzte. Und Strafe zahlen würde er sie lassen bis zum Privatkonkurs. Beer konnte eine unbändige Freude erleben, wenn er sich in diese Phantasie hineinsteigerte.

Nur die Kinder am Schulweg hatten noch mehr Freude an ihm, wenn er die Autos anhielt, damit sie sicher die Straße überqueren konnten. Und er an ihnen. Größere Kinder hatten Sonderwünsche wie: Da vorne kommt ein Porsche – halt den mal an.

Wenn er so mehr oder weniger sinnlos herumstand, fragte sich Beer, wieso denn eine Straße mitten durchs Ortsgebiet breit wie eine Autobahn ausgebaut worden sei, wenn man wegen der Kinder ohnehin nur 30 Stundenkilometer fahren sollte. Tatsächlich war dort nachts einmal ein Autofahrer mit Tempo 100 geblitzt worden. Aber der Bürgermeister sagte lapidar, nachts seien eh keine Schulkinder unterwegs. Da brauche es keine Maßnahmen.

Beer überlegte: Würde man sich nicht die Tempokontrollen sparen können, wenn man geräumige Gehwege mit schmalen Autodurchfahrten errichtete? Erzog man die Autofahrer und Fahrerinnen nicht geradezu zum Rasen, wenn man schnurgerade Rennstrecken errichtete?

Gern stand er auch mitten in Straßenbaustellen mit Fahrverbot und unübersichtlichen Umleitungen. Meist waren es verunsicherte Lenkerinnen, die stehenblieben, sich zu orientieren versuchten und 100m voraus einen Polizisten als Auskunftsperson entdeckten. Wagten sie es, bis zu ihm hinzufahren und nach dem Weg zu fragen, schnappte die Kostenfalle zu. Absolutes Fahrverbot!

Im Grund war das alles natürlich an der Grenze zum Missbrauch der Amtsgewalt. Alle wussten es. Zwar kannte niemand Zeugen oder Beweise, doch alle hatten schon irgendwann irgendwo irgendetwas gehört. Und er hatte tatsächlich schon Radfahrer abgestraft, die mit 30 und gar noch mehr Sachen durch die völlig unbelebte Begegnungszone gerast waren. Dabei hätte er gerade für Rennradfahrer selbst noch ein paar gute Ausreden für die Geschwindigkeitsüberschreitung auf Lager gehabt.

Eigentlich hätte er sich heute gleich seinen Radanhänger mit dem Anglerzeug mitnehmen sollen. Er hatte ja heute im Prinzip frei. Und von hier aus waren es kaum zwei Kilometer mehr zum Seeweg, der in kurzem steilem Anstieg direkt zum Stausee führte, seinem Angel-Lieblingsplatz. Angeln war erst in den letzten Jahren zu einer Leidenschaft für Beer geworden. Einer ehestabilisierenden Leidenschaft. Seine Gerlinde nannte es „Schöner wohnen", wenn er fort war, und er hatte am Stausee Ruhe vor ihr und konnte im Stehen urinieren, sooft er musste. Aber daran zu denken, war ihm so kurz nach Mitternacht noch gar nicht möglich gewesen.

9. Kapitel

Mit einem elegant gemeinten Linksschwung bog er in den Parkplatz ein, der früher nicht nur zum benachbarten Wirtshaus sondern auch zu dem Laufhaus gehört hatte, das in dem Betriebsgebäude einer stillgelegten Tischlerei betrieben worden war. Aber in die Bar, die mit Striptease zur Anbahnung der läufigen Geschäfte hätte dienen sollen, drängten die Dreizehnjährigen und die Neonazis. Und die eingebauten Laufhaus-Appartements waren ohne jede Bau- oder Betriebsgenehmigung betrieben worden.

Auf diesem Parkplatz und in dem Lokal hatte die Polizei viel zu tun gehabt. Hier war aus den Mopedtaschen und Kofferräumen all das vorgeglüht worden, was man sich drin nicht kaufen oder leisten konnte. Mopeds waren ausprobiert worden und es gab regelrechte Wettbewerbe mit dem Ziel, möglichst viele Straßenlaternen mit Steinen kaputtzuschießen. Kaum eine Untat, gegen die die Polizei hier noch nicht eingeschritten war. Nur Mord war bislang keiner geschehen.

Seit es dem Eigentümer, eben jenem Kavalier, aber plötzlich eingefallen war, das Lokal zuzusperren und die Zimmer an ein Hilfswerk für Flüchtlinge zu vermieten, war Schluss mit lustig und Polizeieinsätzen. Aber vielleicht war es ja nun so weit. Am Ende hatte der Brüllaffe doch recht gehabt und die

Asylanten hatten einen niedergemetzelt? Oder der Brüllaffe einen Asylanten?

Der nasse kleine Rollschotter unter Beers Hinterrad machte seinem Namen alle Ehre. Das Rad brach in seinem sportlichen Linksschwung nach rechts hinten aus und Beer hatte alle Mühe, einen Sturz zu vermeiden. Die Rückleuchte am Kotschützer scherte blechern an irgendetwas und brach ab. Rad und Beer lösten sich von dem Rettungswagen. Fluchend - soweit es Beer betraf. „Was hab i verbrochen...?" Beer warf das Rad verärgert gegen die Hecke.

Das Begrenzungslicht eines Rettungsfahrzeuges gab ein diffuses Licht ab, in dem Beer eine dunkle Gestalt am Boden erahnen konnte. Der Bodennebel hatte wohl erst vor kurzem die Sicht darauf frei gegeben. Zwei weitere Gestalten mit reflektierenden Streifen an den Jacken beugten sich gerade über den am Boden Liegenden. Vorsichtig näherte sich Beer den beiden. Man hörte so viel von Mord und Vergewaltigungen durch Asylanten, da musste man wohl vorsichtig sein. Schließlich war er ja auch unbewaffnet – die Dienstpistole ruhte bei seiner Uniform im Spind in der Polizeiinspektion. Auch durfte man keine Spuren zerstören. War es nicht nur eine Frage der Zeit, bis auch in Leopoldstal jemand …

„Und?", fragte Beer.

„Hin.", sagte der Sani.

Kurz nach Mitternacht musste man auch wirklich nicht mehr als die unbedingt erforderlichen Worte wechseln. „Nix angreifen!", verlangte Beer. Der Sani lachte. Eigentlich sah es nicht nach einem Gewaltverbrechen aus. Beer war beruhigt. Er würde noch auf den Doktor warten. Und auf den Weimperl. Aber vielleicht würde er auch vor ihm fertig sein und konnte dann in Ruhe zum Angeln fahren.

Falls der Weimperl mit der kessen Mora einmal fertig war. Immer musste man auf sie warten. Manche Kollegen sprachen sie schon als Momo an, weil sie stets unpünktlich war. Dabei war sie im Grund ein allerliebstes Geschöpf, hatte eine tolle, fast zu straffe sportgestählte Figur, wild wuschelndes nicht zu zähmendes bis über die Schultern wallendes blondes Haar mit einer roten Strähne an der Seite, von der sie Stein und Bein schwor, sie sei echt. Und ähnlich wie Weimperl schien sie stets guter Laune zu sein – oder tat zumindest überzeugend so. Vielleicht passten sie ja deshalb so gut zusammen: Zwei, die sich alles ihr Leben lang schön reden konnten. Irgendwie beneidenswert, dachte Beer.

Nicht nur Beer hielt die rote Strähne für einen Modegag. Alle wussten es. Zwar kannte niemand Zeugen oder Beweise, doch alle hatten schon irgendwann irgendwo irgendetwas gehört.

Ihre störrischen Haarwuschel stopfte sie zur Gänze in die Dienstkappe, die sich mitunter seltsam ausbeulte. Zwar durften Frauen in Uniform jetzt auch lange Haare offen tragen, aber Chefinspektor Mattes legte da besonderen Wert auf eine Kleiderordnung der alten Schule. Und nachdem er wiederholt auch ihre mit Haaren geradezu ausgestopfte Dienstmütze beanstandet hatte, hatte sie sich wohl aus Protest einen ganz kurzen Bürstenhaarschnitt zugelegt. Beer hatte Mora beim ersten Treffen gar nicht wiedererkannt. Und Mattes fand natürlich sofort wieder einen Grund zur Beanstandung und untersagte ihr nun, im Dienst ohne Dienstmütze aufzutreten. „Ein Militärhaarschnitt ist nichts für Frauen!", war seine Überzeugung.

Aber wenn sie nach Dienst die Damenumkleide ohne Uniform verließ, war sie kaum mehr zu erkennen mit ihrer meist von grellbunten Tüchern verdeckten Stoppelglatze und den halbseidenen bunten Pluderhosen, die sie so gern trug. Sie wäre gut als Bezaubernde Jeannie durchgegangen, die Beer als Kind bei der benachbarten Familie Klee, die schon einen Schwarzweißfernseher hatte, ansehen durfte. Und hatte nicht auch die Jeannie durch heftiges Blinzeln die Männer geradezu verzaubert? Zauberkräfte traute er der Mora nicht zu. Aber bezaubernd war sie irgendwie schon. Und eine hervorragende Tarnung, in Zivil nicht als Polizistin erkannt zu werden, war Mora esotherischer Spät-Hippie-Look allemal. Wenigstens trug sie kein Patchouli.

Beer stellte sich Weimperl als den stets um Ausreden und Erklärungen verlegenen Major Nelson, Jeannies Meister, vor, obwohl der Leutnant gegen den Major ein Gschmoaßerl war, wie man im Mühlviertel sagt. Beer schmunzelte. Der Vergleich passte. Nelson, gespielt von Larry Hagman, war im Grund ein Warmduscher wie Weimperl. Er musste sich Jeannie gegenüber genauso unterordnen wie seinen Vorgesetzten, hatte oft seine liebe Not, Unerklärliches zu verdeutlichen und aus einem der vielen Fettnäpfchen herauszuklettern, in die er sich bereitwillig verirrte. Wie Weimperl fühlte er sich genötigt, alles positiv zu sehen und allem und jedem zuzustimmen. Was ihn durchaus in Bedrängnis brachte.

Weimperl war so 10 Jahre jünger als Beer. Er hatte ursprünglich die Offizierslaufbahn eingeschlagen, war dann aber später, nachdem man ihn vertretungsweise in zahlreiche unterschiedliche Stellen kommandiert und nie einen seinen Fähigkeiten entsprechenden Arbeitsplatz gefunden hatte, eher aus Verlegenheit beim Kriminalbeamtenkorps gelandet und musste nach Auflösung der Gendarmerie schlussendlich irgendwo verwendet werden. Zu Beers Bedauern ausgerechnet in der Polizeiinspektion Leopoldstal, noch dazu als stellvertretender Dienststellenleiter, Beer nannte ihn Witzkommandant, weil er es für einen Witz hielt, Weimperl eine Führungsposition anzuvertrauen. Weimperl war ihm allerdings mittlerweile dienstgradmäßig überlegen. Nur dienstgradmäßig, war Beer überzeugt.

Bei einer Schulung hatte Weimperl einmal zum Thema Inklusion für Angehörige von Randgruppen referiert. „Inklusion kommt" so dozierte er, „vom lateinischen includere." Falsch auf der dritten Silbe betont klang es fast wie „Hawedere". „Was so viel bedeutet wie einschließen." Einsperren also. Gendarmen des Kriminalbeamtenkorps wussten, wovon er redete. Vom Rest des Vortrags blieb nichts in Erinnerung.

Als er wegen eines Beinbruches in Krankenstand war, wurde er erst bemitleidet. Bis bekannt wurde, dass er einen Tanzunfall erlitten hatte. Er hatte für eine Rock'n Roll Einlage beim Gendarmerieball trainiert und war bei einem missglückten Wurf seiner Tanzpartnerin zu Sturz gekommen. Wirklich ernst war Weimperl jedoch weder von oben noch von unten je genommen worden. Aber nun interessierte sich ja die Mora für ihn.

Stets hatte Mora ein bezauberndes breites Lächeln mit zahlreichen Lachfalten im Gesicht, wenn sie Liedchen trällernd in den Dienst ging. Wie konnte man nur frühmorgens so gut gelaunt sein. Eine Frau, nach der man sich gerne umdrehte. Mit einer

Ausstrahlung von Leichtigkeit, der man sich schwer entziehen konnte.

Vielleicht ein etwas zu betörendes Lächeln, das sie schon so gut wie allen männlichen Kollegen geschenkt zu haben schien. Mit Ausnahme Beers. Nein. Sie hatte ihn anfangs schon begrüßend angelächelt, aber wenn er ihr die Hand hinreichte, ballte sie die ihre zur Faust und deutete mit dem gestreckten Daumen hinter sich: „Hint anstellen!"

Beer hatte es nicht not, sich wo anzustellen. Und hatte das auch gesagt. Seither gab es kein Lächeln mehr für ihn. Und selbst wenn sie ausnahmsweise gemeinsam im Dienstwagen unterwegs waren, antwortete sie nur auf dienstliche Fragen. Das kam allerdings kaum mehr vor, weil Kommandant Mattes meistens Weimperl mit der Diensteinteilung beauftragte und der es sich daher richten konnte, häufig mit ihr unterwegs zu sein und so die untergebenen Kollegen auszubremsen.

Nun war also Weimperl dran mit hint anstellen. Beer war sich nicht sicher, der wievielte Weimperl war, seit sie in derselben Inspektion waren. Jedenfalls hatte sie mehrere Kinder von ebenso vielen Männern und war ein paarmal geschieden. Der zweite Teil ihres Familiennamens hatte sich in den letzten Jahren zweimal geändert, und sie hatte alle zwei bis drei Jahre den Wohnsitz gewechselt.

Bei ihrer letzten Hochzeit vor etlichen Jahren war Beer sogar unfreiwillig involviert gewesen. Nicht dass sie ihn eingeladen hätte, aber ein Verwandter hatte um Mitternacht eine kleine Feuerwerksbatterie zu Ehren des Brautpaares gezündet. Und eine bekannt unleidliche Nachbarin hatte Beer in seinem Nachtdienst, als er sich gerade etwas ausruhen wollte, aufgeschreckt und verlangt, Anzeige zu erstatten. Vergeblich hatte Beer versucht, eine Minute Sternspritzer als Lappalie und Brauchtum abzutun. Und ebenso vergeblich hatte er probiert, die Anzeige durch Liegenlassen zu erledigen, sodass sich die Thöne-Burmeisterei mit einer sehr hartnäckigen Sachbearbeiterin der Bezirkshauptmannschaft herumschlagen und letztlich sogar Strafe zahlen musste. Das hatte Beer bei Mora auch keine Vorliebe eingebracht.

Als sie ihren letzten Ehepartner verlassen hatte, hatte sie die Kollegen um Hilfe bei der Wohnungssuche und Übersiedlung ersucht, Beers Unterstützung aber abgelehnt. Irgendwie konnte ihm der Weimperl direkt leidtun. Würde er der nächste Ex sein? Würde es ihm gelingen, sich auch seinen zu erwartenden Liebeskummer schönzureden?

10. Kapitel

„Einen wunderschönen guten Morgen, mein lieber Beer!", tönte es vom Straßenrand. „Wie ist das werte Befinden? Wie geht's daheim und im Beruf? Und den Fischen? Was machen die Bandscheiben und die Verdauung? Sind die Zuckerwerte normal? Trinkst du auch genug und ist der Urin eh nicht dunkelgelb? Oh du bist mit dem Fahrrad hier, das ist gut. Bewegung ist gesund! Du weißt ..."

„Morgen allein genügt, Resinger." Beer unterbrach den Redeschwall des Gemeindearztes, der vom Auftreten her durchaus auch ein Bauhofarbeiter auf dem Heimweg von einem nächtlichen Wasserschaden hätte sein können. Dass der auch immer so verdammt gut gelaunt sein musste. War der auf Speed? Vielleicht sollte Beer mal einen Drogentest bei ihm machen. Lautlos war er mit seinem Tesla S herbeigeschwebt - Bewegung ist schließlich gesund. Beer hatte das Auto erst beim Türenzuknallen gehört. „Was beschert uns denn das traurige Schicksal zu so nachtschlafender Zeit?"

Beer war froh, dass der Doktor seine ansteigenden Adrenalinwerte nicht bemerkte. Wie konnte man um diese Tageszeit nur so unerträglich munter sein. „Männlich," grantelte Beer, „tot. Herzinfarkt. Schlagerl. Alk. Oder alls zamm."

Der benachbarte Dorfwirt sperrte um 22 Uhr. Oft schon früher, weil eh kaum Gäste da waren. Das bedeutete wohl, dass der Tote mindestens sieben Stunden gelegen hatte. Oder mehr. Der Doktor fühlte den Hals des Toten. „Exitus mortalis." murmelte er. „Sag i ja.", brummte Beer. „Nix angreifen!"

Zu spät. Mit hunderte Male geübtem Griff hatte der Arzt schon unter Schulter und Hüfte gefasst und den Mann auf den Rücken gedreht.

„Der Klavier!", entfuhr es beiden zugleich. Der Mann hatte eine blutverkrustete Wunde an der Stirn. „Da is der Bsuff wo angrennt.", meinte Beer.

Der Eigentümer des ehemaligen Laufhauses hatte sich in der Nähe des nunmehrigen Asylheimes eine durch Stacheldraht und Videokameras abgesicherte Villa errichtet, von der aus er Anrainer und Behörden, die seinen Besitz störten, mit Anzeigen und Prozessen versorgte. Das Einfahrtstor erinnerte Beer an das Hochsicherheitstor beim Landesgericht. Nur dass dort kein Schild angebracht war, das vor dem Besitzer, dessen scharfen Hunden und seiner Pistole warnte. Der Mann hatte offensichtlich Spaß daran, sich mit allen anzulegen. Alle wussten es. Zwar kannte niemand Zeugen oder Beweise, doch alle hatten schon irgendwann irgendwo irgendetwas gehört.

Es würde also wohl nicht schwer sein, jemand zu finden, der einen Grund hätte, den Klavier zu beseitigen. Vielmehr ließe sich wohl kaum jemand finden, der keinen Grund gehabt hätte.

Auch Beer war schon mit ihm angestreift. Hinter seiner Reihenhauszeile befand sich ein schmaler Streifen Grünland, der auch Herrn Kavalier gehörte. Die Reihenhausbesitzer wollten diesen Streifen Grünland dazukaufen und jeweils die Teile hinter ihren, wie sie sagten, „handtuchgroßen Grundstückchen" als Gartenerweiterung nutzen. Der Eigentümer wollte aber nur verkaufen, wenn in Bauland umgewidmet worden wäre. Das hätte den zehnfachen Preis plus Kosten für Vermessung und Gutachten bedeutet. Und den Bürgermeister hätte man auch rumkriegen müssen. Der hätte sich das auch was kosten lassen – nein, kein Bestechungsgeld! Bewahre! Kleinhuber war anständig! Aber vielleicht ein Zugeständnis oder eine Dienstbarkeit anderswo. Das war nicht unüblich. Das machten alle so. Alle wussten es. Zwar kannte niemand Zeugen oder Beweise, doch alle hatten schon irgendwann irgendwo irgendetwas gehört.

So blieb der Grünstreifen eben grün, die Siedler waren angefressen und die Kinder trampelten die Wiese eben beim Fußballspiel nieder, ohne Eigentümerkinder zu sein. Hierher kam der Klavier ja nicht so oft. Nur zweimal im Jahr schickte er einen Bauern mit dem Mähbalken vorbei.

„Um den is eh net sch…", Der Sani verschluckte sich fast an seinem politisch unkorrekten Satz. „Also ich meine, der Herr Kavalier war hier nicht sonderlich beliebt. Dürf ma jetzt bitte fahren? Für den können wir eh nix mehr tun und meinem Zivi is schon kalt. Die Ausfahrt zahlt uns eh wieder keiner."

„Schleichz eich." Beer war unzufrieden. Es war alles so klar und einfach gewesen, bis dieser übereifrige Doktor den Mann umdrehen musste.

Beer verfolgte ja mit einer gewissen Begeisterung sämtliche Krimiserien im Fernsehen. „Was man sich alles ansehen muss…," klagte er seiner Gerlinde, dass die Polizeiarbeit völlig unrealistisch dargestellt wurde. Im Film war alles rasant schnell und spannend. Die Polizisten diverser Sokos, Wapos und Tatorte waren mutige, starke, oft einsame und doch einfühlsame Helden, immer treffsicher und hatten einen wirklich aufregenden Job, ständig schwer verletzt oder in Todesgefahr und Sekunden später schon wieder bei der allerbesten Laune. Polizeidirektoren und Haubenköche hatten so wenig zu tun, dass sie sich hauptsächlich um Musikhochschulen oder ums Detektivspielen kümmern konnten. Krankenhäuser mit sämtlichen Abteilungen wurden von einer Ärztin und einer Schwester geführt und der

Mitarbeiter der Spurensicherung war in sämtlichen Fachgebieten Weltmeister und lieferte Auswertungen und Befunde in Rekordzeit.

Das echte Polizeileben bestand vorwiegend aus langen Wartezeiten und langweiligen Schreibarbeiten in muffigen Arbeitsräumen. „Aber Schriftsteller sind ja Schreibtischtäter. Woher sollen sie wissen, wie es im richtigen Leben zugeht?", erwiderte Gerlinde. Ob sie Recht hatte? Beer war unsicher. Er stellte sich das Schreiben sehr bildlich vor: Der Schriftsteller stellte aus einem Wörter-See seine Texte zusammen wie ein Angler seine gemischte Fischplatte. Ob Beer auch selbst nach Worten angeln könnte wie nach Forellen oder Schnellfahrern?

Sicher war er, diesen Einsatz schnell abschließen zu können. In Leopoldstal passierte nichts Ungewöhnliches. Der Bericht wäre schnell geschrieben und dann würde er um seine Fischerstangen fahren. „Und dann kann mich der böse Planet am Arsch lecken", dachte Beer.

Schließlich war ja Leopoldstal nicht Rosenheim oder Kitzbühel mit eigener Mordkommission, die nichts Besseres zu tun hatte, als beim Frühstück in sonnigem Alpenpanorama auf den pünktlich einsetzenden wöchentlichen Mordfall zu warten. Auch vom Gspusi mit der Susi von der Spusi war keine

Rede – maximal mit der Mora. Die meisten Kolleginnen waren ja im Dienst eher zurückhaltend.

Die Leopoldstaler Polizei machte sich ihre Fälle selber aus. Man hatte hier noch nicht einmal eine eigene Krim-Gruppe. Nein, von einem Mord in Leopoldstal war ihm nichts bekannt. Also jedenfalls seit der Nazizeit, weil das war ja damals nicht die Gendarmerie, sagte sich Beer. Also, es waren zwar dieselben Leute, die sein Großvater dann nach der Russenbesatzung ausgebildet hatte, aber davor hießen die nicht Gendarmen.

Und die Kriegsverbrechen und die vielen Toten aus den diversen Konzentrationslagern, die konnte man ja im Gendarmerie-Sinn nicht als Morde bezeichnen. So hatte er es in der Ausbildung gelernt. Im Krieg ist ja alles anders. Die alten Leute redeten vom Krieg wie vom Hochwasser oder anderen Naturkatastrophen.

„Resinger, pass einmal auf!", sagte Beer. Irgendwie musste der Tag noch zu retten sein. „Da ist ein Pflasterstein mit Blut drauf." Er leuchtete mit der abnehmbaren Fahrradlampe darauf. Nun wusste er, warum er trotz Dynamo am Rad eine Batterielampe mitführte. „Der is gestolpert und da drauf geflogen und verblutet. Und i hol den Amtsleiter aus dem Bett, dass ihn die Gemeindebestattung abholt."

„Die Gemeinde holt ihn eh net ab.", sagte der Doktor, „Die haben noch nie wen abgeholt. Die schicken sowieso nur den Krtek als Subunternehmer. Die Gemeindebestattung is ja aa nur so a Phantombetrieb vom Kleinhuber."

Der Krtek war ein klein gewachsener etwas gekrümmter Sohn eines böhmischen Zuwanderers aus der Zeit des Prager Frühlings in den 60er Jahren des vorigen Jahrhunderts, der sich kurzfristig mit einer Bauernmagd eingelassen hatte und geblieben war. Alle wussten es. Zwar kannte niemand Zeugen oder Beweise, doch alle hatten schon irgendwann irgendwo irgendetwas gehört.

Eigentlich war der Krtek ja als selbständiger Flickschuster längst in Pension, hatte aber nebenbei eine kleine Tischlerei mit Bestattung betrieben - mehr eine Hobbywerkstatt - und sich in der Pension sein Bestattungsunternehmen als Zuverdienst noch behalten. Dem Kleinhuber war's recht so. Er brauchte den Subunternehmer. Ein richtiger Leopoldstaler war Krtek auch in zweiter Generation nie geworden, hatte sich noch nicht einmal einen eigenen Baugrund gekauft und lebte seit Jahrzehnten zur Miete bei einer verwitweten ehemaligen Wirtin. Ein solcher konnte sich ruhig um die Entsorgung von Leichen kümmern.

Zu Beer hatte der Bürgermeister nach Jahren in einer Mietwohnung plötzlich du gesagt. Ungefragt. Also nicht etwa angeboten, obwohl Kleinhuber als der Ältere dafür zuständig gewesen wäre. Sondern einfach geduzt. Kurz nachdem Beer den Kaufvertrag für sein Reihenhaus unterzeichnet hatte. Nun war er ein Leopoldstaler geworden. Einem Krtek würde Kleinhuber noch ins Grab ein Sie nachrufen, sofern er überhaupt zum Begräbnis gehen würde.

Ein flackernder Schimmer bläulicher Dämmerung machte sich aus Osten her am Himmel bemerkbar. Und Beer hatte wieder dieses elendige Singen im Ohr. „Scheiß Tinnitus!", fluchte er leise. Diesmal wurde das Singen abwechselnd lauter und leiser. Und es schien ebenfalls von Leopoldstal her zu kommen.

„Was hab i verbrochen...?", brummte Beer wieder. Seit wann war der Weimperl so ein Flitzer, dass er sich's mit der Thöne-Burmeister nicht noch ein bisserl gemütlich machen konnte? In einer halben Stunde hätten sie den Kavalier eingepackt gehabt und eine Ruh wär. Und dann müssen die zwei Deppen mit der vollen Disco anrauschen.

11. Kapitel

Unheimlich reflektierte die Außenwand des Flüchtlingsheims das Licht des Einsatzfahrzeuges. In den vorhanglosen Fenstern gingen die ersten Lichter an. Wenigstens die Musik hatte Weimperl jetzt abgestellt. Gleich würden zahllose gleich aussehende junge Männer um das Polizeiauto stehen und neugierig zusehen.

Weimperl ergriff sofort die Rolle mit dem rotweißen Absperrband und grenzte seinen Machtbereich ein. Thöne-Burmeister war zuerst auf Beer zugegangen, hatte ihn dann erkannt und sich entschieden, Weimperl beim Halten des Absperrbandes zu unterstützen.

„So und was hamma jetzt da?", fragte Weimperl. „Hast alle Daten, alles fotografiert und dokumentiert?" „Alles angeschaut und gemerkt, i hol den Krtek dass er ihn einpackt." Beer machte einen auf lässig. „Der Klavier is es, angesoffen hat er sich und derstessen. I ruf jetzt den Krtek an. Weil die Gemeindebestattung is nur a Briefkastenfirma, sagt der Resinger."

„So geht das nicht, Kollege!" Der übereifrige Weimperl ließ nichts durchgehen. „Die machen erstens keine Briefkästen sondern Särge. Und zweitens müssen wir uns zusammen koordinieren, wie wir weiter erheben." Er beorderte die Thöne-Burmeister, die Angehörigen zu verständigen, Frauen könnten so was besser, und Beer, dafür zu sorgen, dass keine Menschenmassen an den Tatort drängen. „Und dann stellst die Scheinwerfer aus dem Kofferraum auf!"

„Und was machst jetzt eigentlich du?" Beer war verärgert. Er war schließlich der erstermittelnde Beamte am Tatort, der gar kein Tatort war. „Aber was soll's?", dachte Beer und ging. „Wenn's dem Weimperl seinem Selbstbewusstsein guttut."

Zwei Jahre sieben Monate und ein paar Tage fehlten ihm noch auf die Pension. Das würde er noch überstehen, so antriebslos wie möglich, mit Angeln und Geschwindigkeitskontrollen. Schade, dass keine Straße am Stausee entlang führte. Da hätte er beides gut miteinander vereinen können. Neben seinem Bett hing eine Liste mit langen Streifen, von der er jeden Tag ein kleines Stück, einen Tag, abriss. Wenn er bei Null angelangt sein würde - dafür hatte er schon Champagner im Keller.

Er war sich nur unsicher, ob er heute früh abgerissen hatte oder nicht. Und die Überstunden von heute, die würde er erst am Ende vor Pensionsantritt ausgleichen. Zusammen mit dem angesparten Resturlaub hatte er schon fast 2 Monate beisammen, die er früher abhauen würde. Wie er sich darauf freute!

Günter, sein eben pensionierter Kollege, der hatte zwei Jahre Mehrdienstleistung angespart. Der lag schon auf den Malediven – bei voller Bezahlung! Himmel auf Erden. Auf Kur könnte er eigentlich auch noch gehen. Der Resinger jammerte eh dauernd wegen der Blutwerte und dem Gewicht und die Bandscheiben taten auch immer wieder mal weh.

Kurzzeitig hätte man in Beers Augen ein freudiges Glitzern erkennen können. Wenn ihm jemand in die Augen geschaut hätte.

„Was machst jetzt du?", fragte er noch einmal. „Ich schau mir den Tathergang an. Und dann müssen wir uns alle zusammen koordinieren. Ich werde nämlich mit 1. Jänner zum Oberleutnant und Kommandanten befördert und hab schon heute als dein stellvertretender Vorgesetzter durchaus das Recht, dir Weisungen zu erteilen." Weimperl war wohl auch ein richtiger Motivationsbolzen. Und aufrücken würde er nun auch schon wieder – Beer natürlich nicht, sonst hätte er ja auch eine Information erhalten. „Was hab i verbrochen...?"

Jetzt verstand Beer erst, warum Mattes ihn neulich über den Gendarmerieball ausgefragt hatte, dessen Organisation Beer abgewickelt hatte. Mattes hatte Beer gefragt, ob er nicht ein kleines Tanzfest für die Polizeiinspektion ausrichten könne, er habe diesbezüglich doch so lobenswerte Erfahrungen. Wenn Mattes mit Lob daherkam, musste man vorsichtig sein. Was sollte denn ein Tanzfest für die

Polizeiinspektion? Aber jetzt wurde Beer klar, er sollte als Pensionsfeier für den Kommandanten gleich einen Ball auf die Füße stellen. War der denn größenwahnsinnig geworden, fragte er sich. Der glaubte wohl, die Polizeimusik würde ihm zu Ehren einen Ball spielen? Beer hatte vorerst von hohen Kosten gesprochen und abgelehnt. Aber wenn Mattes darauf bestand, musste er wohl, aber dann würde zumindest der Weimperl endlich seine Tanzeinlage vorführen müssen. Mit der Thöne-Burmeister. Und hoffentlich vor allen mit Tanzunfall.

Der Weimperl mit seinem ewigen „Wir müssen uns zusammen koordinieren". Wenn er das schon hörte. Beer war ein paar Jahre im Gymnasium gesessen, hatte ohne jegliches Interesse etwas Latein gelernt, und trotzdem ein gewisses Gefühl für Fremdworte erlangt. Und es rollten sich ihm die Fußnägel auf, wenn er hörte, dass Menschen sich die Hände „desinfiszierten" oder „Antibiotikas" verschrieben bekamen, oder sich gar „zusammen koordinieren" sollten. „Wer keine Fremdwörter kapiert, soll deutsch reden." Das traute er sich allerdings nur zu sagen, wenn der sich selbst nur mäßig zusammen koordinierende Weimperl nicht im Raum war.

Was hätte Beer nicht alles werden können! Gemeindearzt mit Tesla, Universitätsprofessor mit eigener Fernseh-Show, Innenminister mit regelmäßigen Pressekonferenzen, Schlagersänger mit hunderten Groupies, Gendarmerieoberst mit Entscheidungsbefugnis. Wenn, ja wenn da nicht sein hochgradig demotivierter und demotivierender Mathematiklehrer gewesen wäre, der den Schülern gegenüber nicht verhehlt hatte, dass es ihn nicht interessiere, etwas zu erklären. Mathéss sagten die Schüler damals, auf der zweiten Silbe betont. Oder Marter-Matik. Nicht Mathe oder Matz wie heute. Das klang auch wie ein verballhorntes Fremdwort. Brrr. Beer schüttelte sich. Und gleich noch einmal, als ihm bewusst wurde, dass sein Vorgesetzter Mattes denselben Namen trug wie die ungeliebte Mathematik.

Dieser Professor, ein gewisser Dr. Dornbusch, hatte nicht nur Beer sondern auch seine Mutter beleidigt. Frau Beer senior, die zum Sprechtag alle, wirklich alle Lehrkräfte, von Bildnerische Erziehung bis Werkerziehung, selbstredend auch Mathematik, heimgesucht hatte, hatte anschließend ihre ganze Last an gehörtem Missfallen in einem Generalurteil auf ihren Gustl abgeladen, bei dem die Lehrer als Anklagebehörde immer Recht hatten und jegliche Verteidigungsrede chancenlos war. Aber der Dornbusch, der sich an den Schüler Beer kaum zu erinnern schien, hatte ihr geraten: „Naja, der Bub soll halt, was ihm an Intelligenz fehlt, durch vermehrten Fleiß wettmachen." Alles hatte sie von allen Lehrern und Lehrerinnen bisher stets eins zu eins übernommen. Aber einer Frau Dr. Beer sagte man nicht ins Gesicht, dass ihr Sohn blöd war. Nicht dass Beers Mutter tatsächlich einen akademischen Grad gehabt hätte. Aber der Titel ihres Gatten ging mehr oder weniger automatisch auf die Gattin über. Österreichische Titel-Sippenhaftung.

Was machte denn, verdammt noch einmal, immer noch der Weimperl hier? „Wärst net lieber noch mit der Momo ..." Beer unterbrach sich selbst. So genau wollte er sich das gar nicht vorstellen – obwohl – er hatte da einmal einen Film gesehen, wo ein Polizeibeamter beim Sex mit einer Kollegin im Streifenwagen mit den Füßen an den Schalter der Sirene gekommen war. Das wär jetzt wieder typisch für den Weimperl gewesen. Wie der Tanzunfall. Eigentlich schade.

„Wer hat ihn denn gefunden?", fragte Weimperl endlich – Beer schaute betroffen zu Boden. Auf so komplizierte Fragen war er nicht gefasst. Er war da und er war tot. Was soll's. Von dummen Fragen wurde der Klavier auch nimmer lebendig. Beer wusste nicht, was er sagen sollte.

Weimperl fuchtelte wie wild nach dem Sanitäter, der sich gerade mühte, den Rettungswagen zu reversieren, ohne irgendwo anzufahren.

„A Zeitungsausträger war's, so a Bim...", grantelte der durchs spaltbreit geöffnete Fenster der Fahrertür. „Also a schwarzer Neger, der hat am Parkplatz umdreht und was liegen gesehen und uns angerufen. Wie wir kommen sind, is er weiter gefahren. Is ja net sei Hackn." Weimperl war noch nicht zufrieden: „Uhrzeit? Name? Adresse? Autokennzeichen?" Der Sani legte einen Kavalierstart hin, soweit das mit einem VW Bus möglich ist, dass die Steine nur so spritzten.

„Bist deppert?", rief ihm Weimperl nach, den ein paar Steinchen am Schienbein getroffen hatten. Aber der Sani hörte es nicht mehr. Zu laut hatte der VW-Diesel beim Kavalierstart aufgeheult. Für den Anlassbericht war es sicherlich unwesentlich, ob der Sani deppert war oder nicht, dachte Beer. Und auch wer ihn gefunden hat. In dem Nebel hätte ihn sowieso niemand gesehen.

„Am Mundgeruch des Verblichenen habe ich Bierdunst und Alkoholisierung festgestellt. Er hat wohl ein paar Halbe getrunken, aber nicht mehr. Ferner eine stark blutende Frakturverletzung an der Stirn, die letztlich letal gewesen sein dürfte vielleicht durch, wie man so sagt, Verbluten. Eventuell in Kombination mit Schädel-Hirn-Trauma." Weimperl hatte den Arzt bisher noch gar nicht wahrgenommen.

„Und hier liegt auch noch was." Der Doktor deutete auf einen unförmigen Lumpen, der unter dem

Leichnam gelegen sein musste. „Ach was, Kinder-glump." Weimperl kickte den schäbigen Fußball zur Seite. Auch der hatte seine Seele bereits ausgehaucht. Es klirrte metallisch, als der Ball über den Kies schlitterte, und darunter kam ein geöffnetes Klappmesser mit langer, festgestellter Klinge zum Vorschein. Auf der sauberen Klinge konnte man im Schein von Weimperls Diensttaschenlampe fremdartige Schriftzeichen erkennen, die von rechts nach links zu laufen schienen.

„Ich konstatiere:", Weimperl hatte wohl zu viel Sherlock Holmes gelesen, „Eigentümer des Flüchtlingsheims wird von Flüchtling mit dem Messer attackiert und mit dem Pflasterstein ermordet. Täter flüchtet mit einspurigem Fahrzeug – er leuchtete auf Beers Einbiege Spur – mit einem Fahrrad, da hier noch ein Fahrradlicht verloren wurde. Flüchtlinge haben Fahrräder, keine Mopeds. Ich stelle das Rücklicht sicher, vielleicht sind Fingerabdrücke drauf. Alles klar. Beer, ruf den Krtek an und dann schnappen wir uns den Mufti."

Beer verkniff sich eine Antwort. Er war froh, dass Weimperl wenigstens sein Fahrrad nicht entdeckt und beschlagnahmt hatte. Und er war ihm den Missgriff mit dem Fahrradlicht so richtig vergönnt.

„Der Tote hat aber keine Stichverletzung.", versuchte Resinger noch nachzusetzen. Aber das ging in dem Geschrei unter, das sich nun dem Tatort näherte. Zwei Frauengestalten stolperten, sich gegenseitig stützend und laut weinend und schreiend, in Richtung Leichnam, Revierinspektorin Mora Thöne-Burmeister und die Witwe Kavalier. Doch es war Mora, die weinte. Von wegen Frauen konnten das besser…

12. Kapitel

Frau Kavalier keifte geradezu verbissen vor sich hin und schalt ihren toten Mann lautstark. „Wie oft hab ich dir gesagt, du sollst nicht an Asylanten vermieten... Da schau dich an, des hast jetzt davon. Und wer soll das jetzt einklagen, ha? Wozu hat dir der Bürgermeister gesagt, du sollst das Lokal selbst bewirtschaften, sonst kommen Asylanten rein. Und jetzt das! Und wie soll ich jetzt ohne dich mit dem riesigen Haus und dem Garten fertig werden? Wo nehme ich denn jetzt so schnell einen neuen ..." Ihre Stimme überschlug sich und erstickte in einem verzweifelten Schluchzen.

„Beruhigen Sie sich bitte! Es ist alles in bester Ordnung." Weimperl machte plötzlich einen auf seriös. „Leutnant Weimperl. Ich bin der leitende Beamte, wir werden den gemeinen Mordanschlag sicherlich rasch aufklären. Es wird sich alles zu Ihrer Zufriedenheit entwickeln. Bitte um Ihren Namen, Geburtsdatum, Adresse, haben Sie einen Ausweis mit?"

Beer zog sich zurück. So viel Einfühlungsvermögen seines Kollegen auf einmal überforderte ihn. Der erklärte der frischgebackenen Witwe allen Ernstes, es sei alles in Ordnung? Mittlerweile war es hell genug geworden, sodass sich die Scheinwerfer erübrigten. Der Tote lag noch immer auf dem Rücken.

Seine Augen starrten weit aufgerissen in den sich erhebenden Nebel, durch den Ahnungen von Morgensonne drangen. Der Doktor schrieb schon am Totenschein und Beer breitete eine Alu Decke aus dem Streifenwagen über den Klavier. Wenn nur bald der Klaviertransporter käme, dann könnte er endlich zum Angeln fahren.

Als Weimperl mit der trauernden Witwe fertig war, übergab er sie dem Gemeindearzt. Doch Frau Kavalier verweigerte nicht nur Beruhigungsmittel. Jetzt kam sie erst richtig in Fahrt und kündigte an, ihren Anwalt zu verständigen. Hier würde nicht gründlich ermittelt und sie würde schon noch zu ihrem Recht kommen. „Sie hören von unseren Anwälten! Auf Wiedersehen vor Gericht!" Wutschnaubend dampfte sie ab in Richtung heimischer Villa.

„So, Beer, jetzt leiste dir ja keinen Fehler." Weimperl hatte einen geradezu missionarischen Tonfall. Wenn die ihren Anwalt schickt, zieht dir der noch die Unterhosen aus, um was zu finden. Du machst da fertig und schreibst an wasserdichten Bericht. Und mach mir keine Schande. Der Kommandant hat eh schon angedeutet, dass du es zu locker angehst. Den Muselmann findest schon mit den Fingerabdrücken am Rücklicht." Beer war sprachlos. „Jetzt soll wieder ich ermitteln? Du bist der leitende Beamte, hast gesagt! Ich hab heute dienstfrei! Ich fahr jetzt zum Angeln!"

„Irrtum Kollege! Ich hab jetzt Dienstschluss, hab immerhin Nachtdienst gehabt und mit der Mora a häusliche Auseinandersetzung – die war net ohne! Servus Herr Doktor, komm Mora, packen wirs!" Die Tür des Streifenwagens öffnete sich noch einmal. „Ah ja da vorne liegt ja eh des Radl vom Täter! Des tust beschlagnahmen und untersuchen und von mir aus kannst aa im Asylantenheim fragen, wem das gehört."

„Mir gehört des Radl!"

Beer hatte Weimperl noch nie so rasant aus dem Auto springen gesehen. „Wie bitte? Dein Fahrrad? Ist es dir gestohlen worden? Hast du das angezeigt? Wo warst du zur Tatzeit?" Jetzt war Beer richtig sauer. „Du glaubst aber jetzt net wirklich, Weimperl, dass ich …"

„Beer, du bist von dem Fall abgezogen. Mora steig aus, wir müssen weitermachen. Hol die Spusi, stell des Radl sicher und verständig die Kripo, die sollen wen schicken. Und den Bestatter, den Krtek. Der soll den Kavalier in die Pathologie bringen, ich will a wasserdichte Todesursache. Und du, Beer, haltest dich zu unserer Verfügung, dass wir uns zusammen koordinieren können."

Beer knickte zusammen. Seine Beine wollten die Last des Körpers nicht mehr tragen. Dieser Weimperl war doch wirklich das Letzte. „Ja und ohne mein Radl komm i ja net amoi heim." „Du kommst jetzt eh zuerst einmal mit zur Vernehmung!"

„Erklär mir noch einmal, wie dein Fahrrad an den Tatort kommt, wenn der Kavalier zu dem Zeitpunkt angeblich schon tot gewesen sein soll." Mattes, der Postenkommandant, der im Polizeijargon offiziell Dienststellenleiter hieß, was Beer manchmal wie Dienststehleiter zusammennuschelte, hatte doch tatsächlich die Bodschuli-Kummer von der Kripo angefordert, die Ermittlungen zu leiten und Beer als Verdächtigen zu vernehmen. Verhör mit verkehrten Rollen.

„Sei froh, Beer, dass ich dich nicht hier behalt. Aber ich bin ab morgen auf Kur und werde vom Kollegen Weimperl vertreten." Das auch noch. Den Weimperl konnte man wirklich wie eine Spielfigur überall hinstellen, wo man grad jemand brauchte. Nicht weil er so eine Allroundbegabung gewesen wäre, sondern weil er immer zusagte und sich auch noch freute, ein bisserl Chef spielen zu dürfen. Bis zur Aufklärung des Falles, von dem nicht einmal sicher war, ob es ein Fall sei, war Beer also suspendiert. Musste sich aber morgen früh einfinden, um ausgerechnet von Weimperl und Kummer als Verdächtiger einvernommen zu werden.

„Was hab i verbrochen…?" Es wurde ja immer schlimmer. Als er nach dem Schalter der Nachttischlampe griff, fiel sein Blick auf die Papierstreifen, die die verbleibenden Tage bis zur Pension darstellten. Er wusste nicht mehr, ob er in der Früh einen Tag abgerissen hatte. Dass er nun wieder alles nachrechnen musste, wurmte Beer bis in seine Alpträume hinein.

13. Kapitel

Am Dienstag um sieben begann bereits die hochnotpeinliche Vernehmung. Der Moder beraubte Beer fast seiner Sinne, so intensiv war er heute. An den Stützstrümpfen, die Kummers ausufernde Waden zusammenhielten wie eine Presswurst, so kam es ihm vor, entdeckte Beer eine gewaltige Laufmasche. Und das dunkelviolette Schultertuch hätte zu besseren Zeiten eines der handgehäkelten Tischdeckchen seiner Großtante gewesen sein können. Auf ihrem zugeknöpften bombastischen Busen bildete sich wohl ein Rest des Frühstücks ab. Beer tippte auf Caffè Latte und verstand kaum, was sie sprach, so benebelt war er. Sie hörte sich an wie von ganz weit weg und auch sein Blickfeld verschwamm gelegentlich. Vielleicht würde er kollabieren oder gleich endgültig abdanken und sich diese ganzen Demütigungen ersparen.

„Also noch einmal…" Beer schilderte den ganzen Tagesablauf von vorne. „Natürlich sind meine Fingerabdrücke auf meinem Fahrrad und dem Rücklicht, das hab ich doch jetzt schon zehnmal erklärt." Ausgerechnet die Kummer, die ihn wohl schon als Schuldigen identifiziert hatte, noch bevor eine Leiche gefunden war, musste ihn befragen.

„Am Fahrrad des Täters aber auch an der Mordwaffe sind Ihre Fingerabdrücke gefunden worden.

Und du hast - nein - Sie haben den Kavalier nicht mögen." Klar. Alle wussten es. Zwar kannte niemand Zeugen oder Beweise, doch alle hatten schon irgendwann irgendwo irgendetwas gehört.

„Niemand hat den Kavalier mögen, Himmelherrgott nochmal. Der hat sich ja nicht einmal selber mögen. Und natürlich sind meine Fingerabdrücke auf dem Messer, ich habs doch aufgehoben."

„Schon mal was von Spurensicherung gehört, Kollege?" Sie konnte es noch immer, ihn bis zur Weißglut zu reizen. Bisher kannte er es nur aus Filmen, dass Tatverdächtige im Verhör so lange zermürbt werden, bis sie alles gestehen. Auch was sie nicht getan haben. Plötzlich meinte er, diese Demütigung nachvollziehen zu können. Die Kummer war ja noch ärger geworden als zu der Zeit, wo sie ihn täglich malträtiert hatte.

„Wie Sie wissen, Frau Gruppeninspektor, wurde ich aus dem Bett geholt und hab weder Plastiksackerl noch Einmalhandschuhe dabei gehabt."

„Bezirksinspektorin bitte. Ach was, um vorsichtig zu sein braucht man keine Handschuhe." Er konnte sowieso sagen, was er wollte. Sie fand immer einen Grund, dass er der Täter sein musste. „Aber der Doktor hat doch gesagt…"

„Apropos Doktor!" Beer hatte immer gedacht, Verhör käme vom Zuhören. Nun war er gewiss, dass ver-hören gemeint war. Also bewusst falsch hören, nur das hören, was man hören will. Dazu gehörte auch ständiges Unterbrechen. Darin war sie ja immer schon Meisterin gewesen.

„Der Doktor sagt, Sie hätten die Untersuchung abkürzen und den Leichnam vorschnell freigeben wollen. Finden Sie das angesichts der Verdachtslage gegen Sie sehr günstig?"

„Der Doktor hat festgestellt, dass die Leiche überhaupt keine Stich..." – Love love me do, der plötzlich erklingende Beatles Oldie aus den 60ern passte gut zu Patchouli und Laufmaschen. Umständlich hatte die Kummer ihr Handy aus den Tiefen ihrer voluminösen Handtasche herausgekitzelt, sich von Beer abgewendet und gerade noch den Anruf annehmen können. Wie von einer Tarantel gestochen sprang sie auf und nahm Haltung an. Beer wunderte sich, dass die tatsächlich auch einmal eine ganze Minute lang zuhören konnte. Aber dann ging es los:

„Wie bitte? ... Das kann doch nicht sein! ... Jetzt hab ich ihn gleich so weit und jetzt das ... Sind Sie ganz sicher? ... Das kommt mir jetzt gar nicht recht. ... Einbeziehen? Das macht mir jetzt gar keine Freude! ... Was mir Freude machen würde? Na abschließen den Fall! ... Was mir Freude macht, interessiert Sie nicht? Warum fragen Sie dann danach? Darf ich

fragen warum jetzt auch noch mit einbeziehen? ...
Weil Sie es so wünschen. Weil sie es so wünschen.
Habe verstanden. Jawohl Herr Generalmajor. Selbstverständlich Herr Generalmajor. ... Bei welchem Fall? ... Ja selbstverständlich, dafür sorge ich, Herr Generalmajor. Freilich Herr Generalmajor. Danke Herr Generalmajor. Auf Wiedersehn Herr Generalmajor."

Herr Generalmajor, das konnte nur der Beil, der Gottseibeiuns in der Landespolizeidirektion sein. Beil war dafür bekannt, dass er unwidersprechliche Befehle ausstieß, die wie ein Beil einen ahnungslosen jungfräulichen Baumstamm mit einem Hieb umhauen konnten. Begründung? Fehlanzeige. „Weil ich es wünsche" war Grund genug für alles und jedes. Beil war wohl auch der einzige, der es schaffte, die Kummer für ein paar Momente zum Schweigen zu bringen.

Beer hatte gottlob nur selten mit Beil direkt zu tun gehabt, aber er hatte sehr wohl bemerkt, dass vor ihm selbst Major Munterer und andere Führungskräfte in die Knie gingen. In einer Dienststellenversammlung hatte Major Munterer sogar indigniert zugeben müssen, von Beil über den Tisch gezogen worden zu sein. Indigniert. Beer überlegte, ob Weimperl dieses Wort als in-die-Knia gehen vor Beil deuten würde. Mit Beil war gewiss nicht gut Kirschen essen. Oder Brathühnchen.

Einmal hatte Beer einen Kontrollbesuch der Polizeiinspektion durch Beil miterlebt. Zu Beginn hielt
der Generalmajor eine lange Rede im Befehlston.
Chefinspektor Mattes hatte allen noch wiederholt
und eindringlich befohlen, die Handys auszuschal-
ten, so sehr ängstigte er sich vor dessen Beilschlägen.
Und gerade als Beil über nicht standesgemäßes Benehmen referierte, erscholl ein mehrmaliges lautes
„Mähähäh!". Kollege Mattausch lief rot an, kramte
verzweifelt nach seinem Telefon und schaffte es nach
ein paar Schrecksekunden, das Schaf zum Schweigen
zu bringen. Er erntete dafür hämisches Grinsen der
Kollegenschaft und giftige Blicke von Mattes. Doch
schon kurz darauf war wieder ein Klingelton zu
hören, diesmal immerhin ein übliches Gedüdel. Mattes blickte jetzt wirklich böse in die Runde. Welcher
Idiot von Kollege hatte noch immer nicht kapiert,
wie man sich zu benehmen hatte? Keiner und keine
reagierte. Bis der Generalmajor selbst seelenruhig in
seine Brusttasche fasste und völlig ungerührt ein
Telefonat annahm und mehrere Minuten plauderte,
bevor er weiter befehligte.

Selbst während Mattes Beils Adjutanten durchs
Haus führte und ihnen alles erklärte, spazierte der
Generalmajor gemütlich am Gang auf und ab und
telefonierte. Er kenne das ohnehin, hatte er Mattes
dazu erklärt. Ein unangenehmer Zeitgenosse.

Alexander, ein befreundeter Kollege seit der Gendarmerieschule, hatte auch privat Kontakt zu Beil bekommen. In seinem Freundeskreis, der Geburtstage oft groß feierte, war er vielleicht zweimal auf irgendjemandes Einladung zu Feiern erschienen, hatte über Buffet und Musik gemeckert, die Toiletten als nicht ausreichend kritisiert und den Anwesenden erklärt, wie man Feste richtig zu feiern habe. Seither war Beil dort nie mehr eingeladen worden.

Weimperl war während der Vernehmung daneben gesessen und hatte sich wie unbeteiligt zur Seite gedreht und mit seinem Handy gespielt. Wenn die Kummer aufdrehte, konnte er seine Hände in Unschuld waschen. Hin und wieder hatte er bejahend der Kummer zugenickt und Beer finstere Blicke geschenkt. Doch insgesamt schien er nicht wirklich interessiert gewesen zu sein. Er whatsappte vielleicht mit der Thöne-Burmeister oder einer seiner anderen sehr verehrten Kolleginnen. Der Fall war für ihn wohl gelaufen.

Doch als die Kummer mit dem Generalmajor telefonierte, veränderte sich plötzlich seine bis dahin leptosome Körperspannung. Er wurde unruhig, richtete sich auf und blickte verunsichert abwechselnd zu Beer und zur Kummer. Ein kummervoller Blick, dachte Beer.

Kummer hatte aufgelegt, drehte Beer noch den Rücken zu und brummelte etwas in sich hinein. Beer meinte etwas von „Scheißkerl" und „soll doch mal sehen" zu verstehen. Dann schon etwas lauter: „Der soll sich doch selber mal a Wochen da herein stellen mit die depperten Kollegen ..." Kummer schnaufte mehrmals tief durch und öffnete das Fenster. Beer war es als würde sie Patchouli auch ausatmen. Sie kramte in ihrer Handtasche, fand endlich ein Fläschchen und legte noch eine doppelte Portion Patchouli auf. Obgleich das Fenster offen stand, schien Beer kaum Luft zu bekommen. Trotz strengstem Rauchverbot zündete sie sich eine Zigarette an und hielt sie mit der Hand zum Fenster hinaus. „Wir sind als Schüler wenigstens aufs Klo gegangen, wenn wir heimlich rauchen wollten.", dachte Beer. Irgendwann schnippte sie den Stummel beim Fenster hinaus auf den Gehsteig und holte noch einmal tief Luft. Dann ließ sie sich in den Sessel fallen und starrte ins Nirwana.

„Ich hab sowieso nicht geglaubt, dass du es warst", stammelte sie nach ein paar Minuten wortloser Stille. „Dass Sie es waren. Der Leichnam hat keine Stichverletzungen. Und dass Sie ihn mit dem Pflasterstein erschlagen haben, trau ich nicht einmal Ihnen zu. Sie werden mich bei den Ermittlungen unterstützen."

„Ich hab heute frei!" Beer glaubte schon selbst nicht mehr daran. „Papperlapapp", erwiderte Kummer, „oder soll ich den Generalmajor Beil fragen, ob Sie frei haben? Sie sollen sich übrigens nicht so unmöglich anstellen wie damals bei der Waldfriedhof Geschichte!"

Auch das noch. Woher wusste die Bodschuli-Kummer davon? Diese Geschichte war zwar schon fast vier Jahre her, lag ihm aber immer noch im Magen. Beer hatte wirklich keine gute Figur gemacht. Aber die Kummer war doch damals gar nicht dabei gewesen.

14. Kapitel

Kavalier, der Großgrundbesitzer, hatte vor ein paar Jahren geplant, aus einem steilen Waldgrundstück, das forstlich schwer zu bewirtschaften war, eine Art privatwirtschaftlichen Waldfriedhof zu machen. So könnte er mit weniger Arbeitsaufwand höhere Erlöse lukrieren, dachte er. Dagegen hatte sich eine Bürgerinitiative aus Anrainern gebildet, die dem Tod lieber nicht ins Auge blicken wollten. Diese hatte angezeigt, dass der Gutsherr bereits illegal Bestattungen vorgenommen hätte. Beers Nachbar Mann, der grobschlächtige Lackel mit zwei noch grobschlächtigeren Kampfhunden, hatte bezeugt, dass einer seiner Hunde aus einem offensichtlichen Grabhügel Knochen herausgescharrt hatte.

Beer war dem nachgegangen und hatte nach Knochenfunden polizeiliche Maßnahmen eingeleitet. Mit Großaufgebot war das illegale Grab geöffnet und tatsächlich ein halbverwester Leichnam freigelegt worden. Anhand eines implantierten Chips war damals festgestellt worden, dass es sich um die Hauskatze Bärli Guglbichler handelte. Die Anrainerin Natalie Guglbichler, selbst Mitglied der Bürgerinitiative gegen den Waldfriedhof, hatte ihre von einem Auto überfahrene Katze im Wald bestattet. Ihre Kinder hatten sogar ein Kreuz über dem Grab aufgerichtet und Blumen hingelegt. Guglbichler war sogleich geständig.

Beer hatte zwar für eine Verwaltungsstrafe wegen verbotener Tierbestattung gesorgt, aber das Gespött zog sich durch den ganzen Polizeiapparat, Beer mache aus einer toten Katze ein Mordopfer.

Auch der Presse war so eine Story natürlich einen Aufmacher wert. Und Kavalier hatte eine schlechte Publicity für seinen privaten Waldfriedhof. Vergeblich hatte er versucht, Beer wegen Rufschädigung zu verklagen. Aber eine gewaltige Zurechtweisung durch Major Munterer hatte er natürlich leicht erreichen können.

Mit den Jahren war wieder Ruhe eingekehrt. Aber dass ausgerechnet die Kummer diese Geschichte jetzt wieder aufwärmen musste, traf ihn hart.

„Ich fahre sie jetzt am Rückweg zum Asylheim und Sie bringen mir den Typen, dem das Messer gehört. Und den Pflasterstein, mit dem er ihn erschlagen hat. Und ich will alle Daten von allen, die dabei waren."

Wortlos wandte sich Beer ab und zwängte sich unwillig in die ungeliebte Polizeipanier. Kollegin Kummer würde ihn mit ihrem Auto nach Scharsing bringen. Die Dienstfahrzeuge waren tatsächlich alle unterwegs. Auch das noch.

An der Tankstelle neben dem Hofermarkt besorgte sich Beer noch schnell zwei Wurstsemmeln und einen Dosenkaffee, bevor er sich in Kummers zugemüllten Wagen zwängte. Immerhin war es 14 Uhr geworden und er hatte seit dem Frühstück um sechs noch nichts gegessen.

Nach der Patchouli-Inhalation in der kümmerlichen Klapperkiste hatte Beer endlich seine Sprache wieder gefunden: „Was hab i verbrochen ..."

15. Kapitel

Ob er um diese Zeit überhaupt Flüchtlinge antreffen würde? Beer wusste, dass einige von ihnen bei der Gemeinde Leopoldstal Gelegenheitsarbeiten verrichten durften. Um drei Euro in der Stunde. Und viele besuchten wohl auch Deutschkurse. Aber wenn Beil sagte „Weil ich es so will", dann war man gut beraten, das zu tun, was er befohlen hatte.

Der Nebel hatte sich gelichtet. Bei Tageslicht sah der Parkplatz ganz anders aus als am frühen Morgen. Der feinkörnige Rollschotter war von hunderten Spuren zerklüftet, als wären Kinderhorden darauf herumgelaufen. Der feuchte schwarze Erdboden drang vielerorts von unten her durch. Am Rand des Parkplatzes vor der Thujenhecke lag noch der Pflasterstein mit den Blutspuren. Bei genauer Betrachtung erkannte Beer, dass es eigentlich kein Pflasterstein, sondern ein Abfallstück einer steinernen Bodenbelagsplatte war. Ein paar Meter daneben ein zweiter solcher Stein ohne Blutspuren. Beer packte sie in einen Plastiksack. Und weil er gerade dabei war, steckte er auch den seelenlosen Fußball mit ein.

Einen Klapptisch mit ein paar schäbigen Gartensesseln ließ er stehen. Er diente den Flüchtlingen wohl zum Zusammensitzen und Jausnen. Ein paar Bierflaschen und Energy Drink Dosen zeugten davon, am Tisch und Boden verstreut waren Obstschalen und Kerne verteilt. Gleich daneben war ein Abfallkübel montiert – er war leer. Einen Moment überlegte Beer ernsthaft, ob er die Kummer damit ärgern sollte, die Abfälle einzusammeln und eine DNA Analyse vorzuschlagen. Aber wie er sie kannte, würde das wieder nur irgendwie negativ auf ihm landen. Und so ließ er es bleiben.

Als er die Zufahrt zum Flüchtlingsheim überquerte, nahm er eine Frau wahr, die ihn mit einem strahlenden Lächeln geradezu einladend erwartete. Kurz blitzte etwas Vorfreude in ihm auf, bevor ihm bewusst wurde, wen er da vor sich hatte. Es war Pia Pokorny, die Pastoralassistentin. Um Gottes Willen! Ob das wirklich Gottes Wille sein konnte, kam Beer kaum mehr dazu, sich zu fragen, weil sie schon loslegte wie ein Maschinengewehr.

„Ach Sie machen hier den Kurs über richtiges Verhalten im Verkehr?", glänzte sie ihm entgegen. „Das ist gut! Jetzt haben wir ja ein paar Fahrräder gespendet bekommen. In Afghanistan und Syrien müssen ja die Verkehrsverhältnisse katastrophal sein. Die armen Leute kommen ja hier gar nicht zurecht mit dem Verkehr. Und das mit den Deutschkursen läuft auch nur zaghaft an. Da müssen wir ihnen noch viel helfen bis sie integriert sind. Und sie brauchen uns noch sehr lange sehr dringend. Aber stellen Sie sich vor, übernächsten Sonntag kann ich zwei von ihnen taufen. Da sind richtige Bekehrungen passiert. Und ich habe erreicht ... "

Beer hörte gar nicht richtig zu. Die allein stehende kinderlose Frau war geschätzt so an die 60. Ihre blassen grauen Haare hingen dünn wie Schnittlauch vom Haupt bis zu den Schultern. Die an sich hagere Frau hatte ein unerwartet rundes Gesicht. Sie erinnerte Beer ein bisschen an eine Nonne, die Schnittlauchfrisur gab einen glaubwürdigen Schleier ab. Im Gegenzug zum ein wenig kraftlos wirkenden Körper, der in einem grauschwarzen Kleid steckte, hatte das Gesicht eine irgendwie geheimnisvolle Power und Anziehung. Beer erinnerte sich, dass er einmal im Wartezimmer von Dr. Resinger im örtlichen Kirchenblatt geblättert hatte. Neben einem Foto der in einer Art Brautkleid steckenden Pokorny war zu lesen, dass sie die Jungfrauenweihe empfangen habe.

Jungfrauenweihe! Was es alles gab! Beer erinnerte sich an eine verwandte Nonne, die mitunter Späßchen darüber gemacht hatte, dass sie als provisorisches Ordensmitglied zunächst mit Jungfrau angesprochen worden sei, später als Schwester aber betont habe, keine Jungfrau mehr zu sein. Aber die Pokorny war doch keine Nonne! Man konnte ja Single bleiben, wenn man das wollte oder keinen Partner fand. Aber wozu seine Unversehrtheit weihen? Keusch und enthaltsam zu leben mochte vielleicht ein Lebensplan sein. Obwohl der sprachinteressierte

Beer wusste, dass das aus dem Mittel- oder Althochdeutschen stammende Wort keusch eigentlich die Bedeutung von bewusst, behutsam, einfühlsam hatte. Erst in der Barockzeit hatte sich der Begriff auf asexuell eingeengt. Aber wozu das groß feiern und wie eine Auszeichnung in die Öffentlichkeit tragen? Seht her, ich bin mit 60 noch Jungfrau? Nicht einmal die pubertären Buben liefen mit T-Shirts herum, auf denen stand: Ich habe schon einmal...

Nun ja, er stand hier wohl der einzigen geweihten Jungfrau Österreichs gegenüber. Statt Mann und Kindern hatte sie ihren Pfarrer, die Pfarrgemeinde und die Ministrantinnen. Buben waren inzwischen kaum mehr dabei. Mit den Asylanten hatte sie wohl eine zusätzliche Schar großer Kinder für sich gewonnen, die sie bemuttern konnte.

Dabei kannte Beer aus anderen Orten, wo er Vertretungsdienste gemacht hatte, Situationen, in denen Flüchtlinge ohne viel Unterstützung ganz gut zu Recht kamen und auch akzeptiert wurden. Und jetzt hatte sie auch noch welche katholisch gemacht. Ein Bonus auf ihrem Missionskonto. Die warteten wohl nur darauf, endlich Schweinefleisch essen, Bier trinken und Kirchensteuer zahlen zu dürfen, dachte er bei sich.

„Wem gehört dieses Messer?", knurrte Beer und zeigte ihr das Klappmesser im Plastiksackerl. „Hm", sagte die Pokorny, „Warten Sie, da muss ich erst einmal fragen. Ich kenn ja die lieben Menschen hier alle recht gut. Aber dass ich auch ihre Spielsachen kenne, soweit reicht es doch nicht. Wissen Sie, ich komme ja nur jeden zweiten Tag vorbei und sehe nach dem ...“

Eine kleine von Kopf bis Fuß verhüllte Frau trat aus dem Haus, nur Augen und Nase waren zu erkennen. „Hallo Hürrem!“, strahlte Pokorny sie an. „Wie geht es dir? Was hat der Doktor gesagt? Ist es wieder besser? Und das Baby? Hat es noch Durchfall? Ach es schläft! Warst du wieder im Deutschkurs? Ich habe gehört, du hast zweimal gefehlt. Und hast du schon eine Vorladung zum Interview ...“

„Das Messer!“, knurrte Beer deutlich zorniger. „Ach ja liebe Hürrem, der liebe Herr Beer ist von der Polizei, du weißt schon, Haskai. Nein, der will dir nichts tun. Der kann dich auch nicht abschieben, da musst du zuerst zum Interview. Aber heute Nacht ist etwas Schlimmes passiert. Du kennst doch Herrn Kavalier. Der ist tot. Und die Polizei...“

Mit einer schwungvollen Geste schwenkte Beer der Flüchtlingsfrau das Messer direkt vor die Augen: „Wem das gehören?“ Die Frau warf einen Blick auf das Messer, schaute dann zur Seite und flüsterte: „Das ... Ali.“ Und verschwand im Haus.

Nun war Beer doch tatsächlich auf die Pokorny angewiesen. „Sie kennen doch die Leute hier. Wo finde ich diesen Ali?" Pokorny strahlte freudig, trat ein paar Schritte ins Vorhaus und legte den Kopf zurück. Mit ihren zarten Händen formte sie einen Trichter um den ungeschminkten Mund und stieß ein unüberhörbares „Aaaa-liii!" aus. Erst blieb es still. Nach dem zweiten „Aaaa-liii!" und einem nachgesetzten „Kooo-mmen!" hörte man Türen klappen. Schritte tappten die Treppe herunter und plötzlich war sie von fünf oder sechs jungen Männern umringt, die alle irgendwie gleich aussahen.

16. Kapitel

Die Männer trugen dunkle Bärte und die tief-schwarzen kurzen Haare standen akkurat senkrecht zu Berge, während sie an den Seiten des Kopfes kahl geschoren waren. Der Hausfriseur beherrschte wohl nur diese eine Frisur. Man hätte Bürsten daraus machen können. Sie trugen alle Blue Jeans und verschiedene mit Schlagerstars vergangener Jahre und Logos verflossener Fußballmeisterschaften bunt bedruckte T-Shirts. Einige waren trotz der Kälte barfuß, andere trugen markenlose Sportschuhe. Die Ernte eines Altkleidercontainers, dachte Beer. Ihre tief sitzenden Augen und ihre misstrauischen Blicke ließen die Szenerie fast bedrohlich erscheinen. Sie drängten sich um die Pokorny und hingen an ihren Lippen.

„Wer ist Ali?" fragte Beer von hinten.

„Ich Ali", sagte einer. „Ich Ali auch", ein zweiter. Sie hießen alle Ali. „Ali kommen von Allah." Erklärte einer. So kam er nicht weiter. Beer holte das Messer aus dem Plastiksack und hielt es Ali 1 hin. „Dir gehören?" radebrechte er. Ali 1 schüttelte den Kopf. Ali 2 ebenfalls. Und auch die anderen Alis wollten das Messer nicht erkennen. Immer mehr junge Männer versammelten sich um die Pastoralassistentin im schon ziemlich vollen Vorhaus, und er hatte Mühe sich bemerkbar zu machen.

Es wurde ja öfters geredet, dass die Pastoralassistentin mit dem einen oder anderen Flüchtling „etwas" gehabt haben könnte. Alle wussten es. Zwar kannte niemand Zeugen oder Beweise, doch alle hatten schon irgendwann irgendwo irgendetwas gehört. Sie schienen sie jedenfalls alle fast kindlich zu verehren.

Aber keiner war dabei, der das Messer kennen wollte. Ihre Namen endeten auf -allah, -illah oder -ullah, was ihre Verehrung für Allah verdeutlichte, wie einer erklärte. Herrgott wie sollte man die auseinander halten. Ein Mohammad war auch dabei, und ein Shasatullah konnte besser Deutsch: „Das Messer ist von Ali. Er ist nicht da. Er hat Deutschkurs in Linz." Noch ein Ali, o Gott. „Wann kommen?" Shasatullah zuckte mit den Schultern. „Ich glaube bald."

„Wie Ali noch heißen?" insistierte Beer. Irgendwie musste er ja weiterkommen. „In Afghanistan haben wir keine Familiennamen wie in Österreich. Aber er heißt Ali Sadat", Shasatullah hatte ihn verstanden. Beer war erleichtert. Sadat, diesen Namen konnte er wenigstens aussprechen und notieren. „Morgen wieder kommen!", verabschiedete sich Beer und steckte das Messer wieder ein. „Und jetzt Kontrolle alle Ausweise!" Beer hatte große Mühe, all die unaussprechlichen Namen zu notieren. Alle schienen sie am 1.Jänner oder 1.Juli geboren zu sein.

Da konnte doch von vornherein etwas nicht stimmen. Immerhin berichteten einige von ihnen von einem Fußballspiel, bei dem Herr Kavalier eine Rolle gespielt habe. „Kavalier böse!" hatte er mehrmals gehört. Und „Ali nicht machen Kavalier kaputt!" Es dauerte wohl eine Stunde, bis er endlich sein Notizbuch zuklappen konnte.

Pia Pokorny bot an, ihn mit dem Auto mitzunehmen. Das konnte er doch nicht annehmen. Er brauchte jetzt Ruhe, um seine Gedanken zu ordnen. Nicht noch mehr missionarisches Gequassel. Mit einem strahlenden Lächeln winkte sie ihm aus dem Auto noch einmal zu.

Dass nun kein Streifenwagen zur Rückfahrt bereit stand, hatte er nicht bedacht. Und auch nicht an die schweren Pflastersteine in seiner Tasche, die er nun schleppen musste. Nach wenigen Minuten Fußmarsch erregte ein Schild an einem Laternenmast seine Aufmerksamkeit: Anrufsammeltaxi Halt 127 Scharsing Mitte. Es war gar nicht mehr in seinem Bewusstsein gewesen, dass in Leopoldstal seit ein paar Monaten ein Sammeltaxi verkehrte. Das brauchte er ja nicht, solange er Fahrrad oder Streifenwagen hatte. Da er hier sogar Internetempfang hatte, gab er auf der Homepage Standort und sein Reihenhaus als Ziel ein.

„Bitte nutzen Sie die öffentlichen Verkehrsmittel, um an ihr Ziel zu kommen." Er wischte über den angezeigten Link und siehe da: Es gab wohl ohnehin ausreichende Verbindungen mit dem Linienverkehr. Die erste Verbindung begann mit einem Regionalzug, der vor 14 Minuten abgefahren war. Das zweite Angebot lag gerade noch in der Zukunft: In 11 Minuten fuhr ein Zug bei der Bahnhaltestelle Scharsing ab. Wenn er lief, könnte er ihn vielleicht erreichen. Von dort sollte er mit dem Regionalzug nach Linz reisen, dort nach 22 Minuten den Bus nach Altenkirchen nehmen und 57 Minuten später in den Bus nach Bernstein umsteigen. An der Bushalte Ellbogen ausgestiegen blieb nur mehr ein Fußweg von etwa 13 Minuten. Gesamtreisezeit 2 Stunden 51 Minuten im Linienverkehr. Deswegen würde kein Sammeltaxi angeboten. Beer kalkulierte kurz: Zu Fuß würde er wohl eineinhalb Stunden benötigen. Die schweren Steine müsste er allerdings schleppen.

Jetzt fiel es ihm wieder ein: „Ich bin stolz, dass es nun möglich ist, binnen Minuten klimaschonend in ganz Leopoldstal überall hin zu gelangen, ohne auf ein Auto angewiesen zu sein.", hieß es in der Aussendung von Bürgermeister Kleinhuber. Beer bezweifelte, dass Kleinhuber je ein öffentliches Verkehrsmittel genutzt hatte. Oder dass er überhaupt in der Lage wäre, ein Ticket zu lösen. Für seine tägliche Fahrt zu dem in Kleinhubers Auftrag vorausschauend mit Rathaus beschrifteten Gemeindeamt, für die er einen Wohnblock umrunden musste, benutzte er stets einen riesigen knallrot lackierten hochgestellten Landrover Defender mit Büffelgitter und übers Dach gezogenem Auspuff, für den mitten in der Kurzparkzone ein Parkplatz reserviert war. Damit hätte er auch den Leopoldibach furten können. Aber das tat er natürlich nicht. Seine Ankunft war im ganzen Ortszentrum zu hören und die Gemeindemitarbeiter waren gewarnt. Der Rowie, wie er seinen Landrover zärtlich nannte, diente unbeabsichtigt als Alarmanlage: „Achtung Chef im Haus!"

Warum fährt man so ein Stückchen mit dem Auto, fragte sich Beer oft. Aber vielleicht bekam Kleinhuber für diese kurze Strecke auch kein Sammeltaxi. Ein Fußweg von 300 Metern galt ja als zumutbar. Inzwischen stand ohnehin Kleinhuber junior in den Startlöchern fürs Bürgermeisteramt. Eine Art Erbfolge. Wer weiß, ob der Sohn demnächst in der Lage sein würde, die wenigen hundert Meter von seiner so gar nicht ins Ortsbild passenden dreistöckigen Stadtvilla zum Gemeindeamt zu Fuß zu gehen.

Kleinhuber, Erbe einer großen Landwirtschaft, hatte angesichts einer Grundstückszusammenlegung das Glück gehabt, seine umfangreichen Besitzungen günstig zu arrondieren. Zufällig auch gerade dort, wo in den nächsten Jahren mit Bauwidmungen zu rechnen war. Um diesen Zufall hatten ihn manche beneidet. Als Dank dafür hatte er der Gemeinde ein kleines, schlecht verwertbares Grundstück in einem Zwickel zwischen Straße, Werbeplakaten und Schule als Park überlassen.

Zunächst war nur ein Schild „Edwin Kleinhuber Park" aufgestellt worden. Aber mit einer großzügigen Landessubvention waren Parkplätze errichtet und daneben eine kleine Reihe Sträucher angepflanzt sowie ein Springbrunnen installiert worden. Um einen Maibaum und einen Weihnachtsbaum aufstellen zu können, musste eine Zufahrt betoniert werden. Und durch Mithilfe des Gemeindebauhofes reichte die Subvention noch aus, bei der Gelegenheit gleich die ganze Fläche zu betonieren. Der Park war fertig.

Nun war er im Sommer zu heiß und im Winter zu glatt, um sich dort aufzuhalten. In der Zwischensaison eignete er sich aber gut dafür, Kindern und Jugendlichen einen unbeobachteten Unterschlupf zu gewähren, wo sie auch alle ihre Getränkedosen, Essensreste, Zigarettenschachteln und Kondome hinterlassen konnten. An diesem wunderschönen Park würde Beer auch vorbeikommen.

Was soll's, die kühle Luft würde Beers vielfältige Gedanken ordnen. Missmutig ob seines versäumten freien Tages lenkte er seine Beine heimwärts. „Was hab i verbrochen...?" murmelte er.

17. Kapitel

Es dämmerte bereits, als Beer die Reihenhaussiedlung erreichte. Manche Fenster waren erleuchtet, aber Menschen begegnete er gottlob nicht. Nur Kater Strophe schnurrte um seine Beine, als Beer sich der Haustür näherte. Es schien ihm eine Ewigkeit, dass er zuletzt hier gewesen war. Ach ja, die Geschichte mit dem Vornamen und dem Stehpinkeln – nein das war gestern. So viel war inzwischen geschehen. Hoffentlich hatte sich Gerlinde wieder beruhigt. Nichts konnte er jetzt weniger brauchen als eine zankende Ehefrau. Er kramte in der Hosentasche nach seinem Schlüssel und schloss das doppelte Sicherheitsschloss auf. Kein Licht, kein Geräusch. Im Flur standen ihre Hauspantoffel. Die neue knallbunte Desigual-Jacke, die jetzt alle Frauen ihrer Altersklasse trugen, fehlte am Kleiderständer. Was hatte Gerlinde heute vor? Hatte sie nicht etwas von einer Verkaufsparty oder so gemurmelt? Brauchten sie wirklich schon wieder neue Plastikschüsseln?

Beer riss sich die ungeliebte Uniform vom Leib und hüllte sich in den vom gestrigen Nachteinsatz schon etwas befleckten aber heimeligen Trainingsanzug. Dann öffnete er eine Dose Katzenfutter für Kater Strophe und eine Dose Bier für sich und ließ sich in den Fernsehstuhl fallen. Für Soko Kitzbühel war es noch zu früh. Soko Leopoldstal hatte ihm gereicht. Er warf noch eine Tiefkühlpizza erst ins

Backrohr und dann sich ein. Schließlich ließ er heißes Wasser in die Badewanne laufen. Als Badezusatz wählte er einen mehrfachen Schuss „Lebensfreude", dessen Zitrusduft er liebte. „Hoffentlich erfreut es mich wirklich!", dachte er, warf den verdreckten Jogginganzug in hohem Bogen neben den Wäschekorb und versteckte seinen müden Leib unter einem Gebirge von Lebensfreude-Schaum. „Was hab i verbrochen…?" Er räkelte sich noch einmal.

Ihn fröstelte plötzlich. Nein, frösteln konnte man das nicht nennen. Beer wurde regelrecht vom Schüttelfrost durchgebeutelt. Die Zähne klapperten und sämtliche Körperhaare standen ihm zu Berge. Das Wasser war kalt, von Schaum keine Spur und sein ganzer Körper war wie von Pickeln übersät wie eine bratfertig gerupfte Gans. Um nach der Uhr zu greifen, musste er aufstehen. Es beutelte ihn hin und her wie einen Zitteraal. Schnell ließ er sich wieder ins Bad fallen, zog den Stöpsel heraus und füllte heißes Wasser nach. Allein er konnte sich nicht erwärmen.

Nachdem er es endlich geschafft hatte, sich in ein großes Badetuch zu hüllen, kauerte er sich in die Nische zwischen Badewanne und Fliesenwand und versuchte, mit dem Haarfön seine Körpermassen etwas aufzutauen. Fast 22 Uhr war es geworden. Wie lange er wohl geschlafen haben mochte? Er hatte keine Ahnung. Es kostete ihn große Überwindung, den Körper vom Badetuch zu befreien, um vor

Kälte zitternd in seinen Pyjama zu schlüpfen. Ohne die Badewanne abzuwischen und das Licht abzudrehen sauste er ins Bett und zog sich die Decke über den Kopf. Er bibberte noch lange.

Gern hätte er seine Heizdecke in Betrieb genommen, aber die harrte noch verpackt im Kleiderschrank. Und noch einmal aufzustehen und sich der grimmigen Kälte auszusetzen, wagte er nicht einmal zu denken. Von unten drangen Geräusche an sein Ohr. Welche Kater-Strophe bahnte sich hier wohl wieder an? Egal, derzeit konnte Beer nicht nachschauen. Da schlug eine Tür zu.

„Hallo! Bin da-a!" Gerlinde klang fröhlich. Ein wenig rumorte sie unten noch herum, dann hörte er ihre Schritte auf der Holztreppe. Die vorletzte Stufe knarzte wie immer. Das war Beers private Alarmanlage. Er drehte sich zur Seite und schloss die Augen.

„Schau was ich mir bei der Dessous Party Schönes gekauft habe!" hörte er sein angetrautes Eheweib angeregt trällern. Klick – das gleißende Licht der neuen LED Lampe traf ihn wie ein Blitz. Ein lang gezogenes „Aaaooouh!" entfuhr ihm, an das er noch ein „Was hab i verbrochen...?" anhängte. „Schau doch!" Im blendenden Gegenlicht konnte er erkennen, dass Gerlinde irgendetwas dunkles Textiles durch die Luft schwenkte. „Blendend." Knurrte er und drehte sich wieder zur Seite.

„Das zieh ich für dich an!" flötete Gerlinde und Beer entschied sich, die Augen noch einmal zu öffnen. Ein wenig an das Licht gewöhnt erkannte er drei weinrote Teile. Beer kannte sich bei Damenwäsche nicht so gut aus, aber der dick gefütterte Spitzenslip schien vom Oberschenkel bis zum Nabel zu reichen. Der dazu gehörige BH mit zentimeterdicken Schalen würde wohl mehr verhüllen als verlocken. Und das schlabberige Teil dazwischen dürfte ein ziemlich bodenlanges Nachthemd sein. Beer meinte sich zu erinnern, dass mehrere gleiche oder zumindest sehr ähnliche Kleidungsstücke im Schrank lagen.

„Schön." sagte er. Es war ihr schließlich wichtig, dass ihm gefiel, was sie trug. Verführerisch war anders. Dabei hatte sie ihre tolle Figur ihr längliches Leben halten können, während er sich mehr dem Breitensport gewidmet hatte, von Fußball Schauen bis Ritter Sport. Gerlinde war nicht sehr groß aber wirklich hübsch, kein Covergirl, aber eine Schönheit. Fand Beer. Sie hatte eine schlanke Taille, ausladende Hüften mit einem knackigen Po und zwei feste nicht zu große Brüste, die sie zu seinem Leidwesen meist in gewaltigen Stahlbetonkäfigen verbarg, wie er es nannte. Er liebte es, wenn sie frei schwangen. Ihr Gesicht war freundlich und sehr weich, wenn sie lächelte. Und sie hatte ein bezauberndes Lächeln. Wenn sie lächelte. Er liebte sie von den Augenbrauen bis zu den Fußwölbungen. Um ihn zu reizen, hätte sie leicht Leichteres tragen können.

Aber nach einem Tag wie diesem hätte ihn wohl eh nichts mehr reizen können. „Gute Nacht!" brummte er nur mehr.

18. Kapitel

Mittwoch. Wenigstens Kaffee und ein Honigbrot zum Frühstück. Als Notverpflegung. Beer radelte zur Dienststelle, holte aber nur den Schlüssel vom Streifenwagen. Es war ein nagelneuer Skoda Superb, im Ambiente eines Luxusgefährtes mit Ledersitzen und Lederlenkrad. Er ließ sich tief in den Fahrersitz fallen, der sich anfühlte wie ein Stressless-Fauteuil. Es fehlte nur die ausklappbare Fußstütze. Beer stellte die Sitzlehne elektrisch weiter nach hinten und streckte sich. Liegesitze! Tief sog er den Duft von Leder und neuen Plastikarmaturen ein. Das war ein Auto nach seinen Vorstellungen, träumte er. Darin ließ es sich sogar gemütlich schnack... Na klar! Das würde das Auto für den künftigen Herrn Oberleutnant sein, wenn er mit Mora im Außendienst war.

Nachdem das Design der Dienstfahrzeuge umgestellt worden war, um auszusehen wie Energy-Drink-Dosen, hatte Weimperl ja gegenüber einer Schulklasse allen Ernstes behauptet, der Streifenwagen würde wegen der blauen und roten Streifen an den Seiten diesen Namen tragen. Nun konnte Weimperl, den Beer sonst eher als Schlaftablette einschätzte, endlich als rollendes Energy-Bündel getarnt durch die Gegend sausen. Vielleicht würde es ihm und seiner Mora ja Flügel verleihen. Beer würde gewiss weiterhin den alten durchgesessenen Golf fahren müssen. Wenigstens diesmal hatte er nach dem richtigen Schlüssel gegriffen.

Elegant und geruhsam wie in einem Pullman-Mercedes schwebte Beer in Scharsing ein. Vor dem Asylheim hielt er an und hoffte vergeblich auf einen gewissen Auflauf, den seine Luxus-Limousine verursachen würde. Aus dem Haus trat ein junger Mann in Jeans und Joggingschuhen, seine Haare standen bürstenartig nach oben und seine schwarzen Augen blitzten zugleich freundlich als auch gefährlich.

„Du Polizei?", fragte er, „bringen mich für Interview?" „Sind Sie Ali Sadat?" fragte Beer, der gar nicht recht zugehört hatte. Nachdem er den Ausweis kontrolliert hatte, öffnete er wie ein Lakai die Tür zum komfortablen Fond seiner Luxuskutsche. Ali setzte sich lächelnd und legte den Sicherheitsgurt an. Beer fragte sich, ob das Auto auch einen Kühlschrank mit Champagner bereit hielt.

Als Beer Richtung Leopoldstal einbog, fragte Ali: „Fahren nach Linz zu Interview für Asyl?" Beer entgegnete, man sei unterwegs zur Polizei Leopoldstal. Ali wirkte verzweifelt und faltete die Hände. „Bitte Linz für Interview. Muss 10 Uhr Linz sonst schiebe Afghanistan!" Beer bedauerte den Mann, aber er hatte einen Befehl zu befolgen. So versuchte er ihm

Hoffnung zu machen, er würde einen neuen Termin für sein Interview bekommen.

In der Polizeiinspektion Lepoldstal angekommen wurden sie schon von Weimperl und Kummer erwartet. Weimperl stellte sich gleich als Leutnant und Kommandant, der er noch gar nicht war, vor. Kummer war offensichtlich wirklich zur Bezirksinspektorin befördert worden. Er hätte es ihr nicht zugetraut, aber sie hatte tatsächlich eine Dolmetscherin mitgebracht. Nein, keinen gerichtlich beeideten Dolmetsch. Den hätte man vor Wochen anfordern müssen und dann wohl auch nicht gekriegt. Aber immerhin kannte der Nachbar einer Cousine der Kummer jemand, der in der Flüchtlingsberatung tätig war. Und dessen Kollegen vermittelten eine Dari-muttersprachliche Flüchtlingsfrau, die bereits die Deutsch Prüfung B1 geschafft hatte. Hoch leben die Facebook Gruppen! Beer wusste ja, warum er sich dort verweigerte.

Ali versuchte zuerst noch, seinen Interviewtermin zu retten. Nachdem Weimperl ihm aber kräftig übers Maul gefahren war, dass er hier der Chef sei und Befehle austeilte, sackte er zusammen und gab sich seinem Schicksal hin.

Das Verhör, das Beer protokollieren sollte, gestaltete sich insofern schwierig, als alle dauernd durcheinander redeten und Beer aus dem Tohuwabohu keine klaren Formulierungen herausfiltern konnte. Ständig musste er nachfragen, was er nun festhalten solle. Kummer musste noch eins drauflegen: „Sind Sie mit der Protokollführung überfordert, Kollege Beer?" Und bevor er antworten konnte, ordnete Weimperl an: „Ich sehe schon, das kannst du auch nicht. Fahr zur Kreuzung am Leopoldsberg und kontrollier den 30er und die Stopptafel an der Kreuzung. Und am Abend tippst du dann das Protokoll, das ich dir diktiere, in den Computer."

Irgendwie stank das alles sehr nach Ungerechtigkeit. Aber im Grund war Beer froh, hinauszukommen. Er schnappte sich eine Laserkanone, wie die Science-Fiction-verdorbenen Kollegen sagten, und nahm diesmal bewusst den Schlüssel vom neuen Skoda an sich. Jetzt würde er sich erst einmal eine ordentliche Jause besorgen und es sich dann am Bankerl in der Begegnungszone gemütlich machen und nach Schnellfahrern angeln.

Als er etwas beruhigt am späteren Nachmittag wieder in der Polizeiinspektion erschien, war von Weimperl, Kummer und Ali Sadat keine Spur mehr zu sehen. In seinem Postfach lag eine Kassette aus dem Diktiergerät mit einem Post It: EILT. Also setzte er sich noch hin und tippte das Protokoll.

19. Kapitel

Protokoll

der Vernehmung von Ali Sadat,

geboren 1.1.2003 in Kandahar, Afghanistan,

Afghanischer Staatsbürger, Asylwerber

Leopoldstal, am Soundsovielten, Beginn der Vernehmung 9:04 Uhr

Anwesende Personen:

Leutnant Sepp Weimperl, Dienststellenleiter

Beer tippte dazu: Stellvertreter. So weit war es noch nicht.

und Bezirksinspektorin Grete Kummer, Kriminalabteilung Polizeidirektion Linz, als Vernehmende

Gruppeninspektor Gustav Beer als Protokollant.

Beer tippte ein: G-Punkt Beer.

Frau Samira Qaher als Dolmetscher

Beer schrieb: Dolmetscherin.

Herr Ali Sadat, Einzuvernehmender.

Es folgte ein Seiten langer Serientext aus dem Speicher, dem zufolge Herrn Sadat sämtliche Rechte erklärt worden seien und er sie verstanden habe, welche Einsichts- und Einspruchsrechte er habe, dass er vor Unterschriftsleistung die Niederschrift zur Gänze durchgelesen und verstanden hätte und auf eine schriftliche Übersetzung in seine Muttersprache verzichte. Und noch mehrerlei bürokratisch-juristische Absicherungen, die schon einheimischen

Nicht-Juristen Schwierigkeiten bereitet hätten. Dann ging es um den Tatbestand:

Dem Ali Sadat wird vorgeworfen, am letzten Sonntag spätabends am Parkplatz neben dem Asylheim in Scharsing den 59-jährigen Eigentümer des Asylheims, Herrn Sebastian Kavalier, mit seinem Messer erstochen und mit einem Pflasterstein erschlagen zu haben. Auf dem am Tatort aufgefundenen Messer befanden sich laut telefonischer Auskunft der Forensik Fingerabdrücke des Ali Sadat, von Herrn Kavalier sowie Gruppeninspektor Beer. Auf den sichergestellten Pflastersteinen befanden sich ebenfalls Teilfingerabdrücke von Herrn Sadat, auf einem auch Blutspuren von Herrn Kavalier. Herr Sadat äußerte sich dazu wie folgt:

„Ich lehne die Vernehmung durch eine Frau und die Übersetzung durch eine Frau, die noch dazu einen anderen Dialekt spricht als ich, ab. Zurechtgewiesen, dass dies den österreichischen Gesetzen entspricht, nehme ich beides zur Kenntnis."

„Ich bitte um den Transport zu meinem Interview in Linz heute um 10 Uhr. Das ist sehr wichtig für mich. Zurechtgewiesen, dass Pressetermine gegenüber polizeilichen Ermittlungen keinen Vorzug haben, nehme ich zur Kenntnis, dass ich jetzt vernommen werden muss. Ich muss dazu auch in

Handschellen gelegt werden, um eine Flucht zu ver-
hindern."

Beer raufte sich die Haare. Konnte das sein, dass
die Behörde seit Jahren Flüchtlinge in als Interview
bezeichneten Einvernahmen zu Fluchtgrund und
Fluchtweg befragten, um ihnen nach Möglichkeit
einen abschlägigen Bescheid auszustellen, und
Weimperl glaubte allen Ernstes, Herr Sadat hätte zu
einer Art Pressekonferenz geladen?

„Ich gebe an, dass der Grund meiner Flucht aus
Afghanistan meine homosexuelle Neigung ist. Homosexualität wird in Afghanistan mit hohen Haft-
strafen und in von den Taliban beherrschten Regio-
nen mit dem Tod bestraft. Belehrt, dass diese
Angaben nicht glaubwürdig sind, da weder meine
Kleidung noch mein Verhalten oder meine Bewe-
gungen den Eindruck der Homosexualität vermit-
teln, nehme ich dies zur Kenntnis. Ebenso nehme ich
zur Kenntnis, dass gegen mich wegen eventueller
sexueller Belästigung junger Mädchen am Hauptbahnhof ermittelt wird, was ebenfalls gegen meine
behauptete Homosexualität spricht.

Ich habe viele Freunde in Afghanistan und Österreich. Zu der Belehrung, dass dies nicht glaubwürdig ist, weil auf meinem Mobiltelefon weder sehr
viele männliche Kontakte noch Filme oder Bilder mit

homoerotischen Handlungen zu finden sind, habe ich nichts zu sagen."

Beer hielt inne und dachte nach: Er wusste von ein paar Bekannten über deren Homosexualität Bescheid. Keiner von denen kleidete sich irgendwie tuntig oder sprach in dem peinlichen Tonfall von Schwulenwitzen, wie man sie mitunter in der Sauna zu hören bekam. Beer gefielen Frauen. Mit Männern hätte er nichts anzufangen gewusst. Zumindest erotisch. Im Patrouillenfahrzeug hatte er keinerlei Probleme gehabt mit den männlichen Gendarmeriebeamten.

War denn seine Heterosexualität nun auch nicht glaubwürdig, weil er nicht jedem blonden Busenwunder nachpfiff und auf seinem Handy keine Hetero-Pornos hatte? Noch bevor er zu einem Ergebnis kam, wurde ihm bewusst, dass es ja Weimperls Diktat war, das er zu schreiben hatte. Und ein Sprichwort fiel ihm ein: Wann immer du etwas sagst, sagst du zuallererst etwas über dich selbst aus. Diese Erkenntnis beruhigte ihn ein bisschen.

„Zum Vorfall mit Herrn Kavalier gebe ich an: Ich habe mit meinen Freunden vom Asylheim am Parkplatz Fußball gespielt. Dazu habe ich mit zwei größeren Steinen das Tor markiert. Als der Ball in das Maisfeld nebenan flog, ging Mohammad Karimi, der auch im Asylheim lebt, ihn suchen. Da es langsam dunkel wurde, setzte ich mich aber zu dem Tisch am Parkplatz, schnitt mit meinem Messer eine Melone auf und koordinierte mich mit meinen Freunden zu einer Jause zusammen. Auf Nachfrage bestätige ich, dass das Messer, das mir die Polizei gezeigt hat, meines ist, und ich mit diesem Messer die Melone aufgeschnitten habe. Sonst niemanden.

Dann kam Herr Kavalier vom nahe gelegenen Gastgarten und war wütend, weil wir sein Maisfeld beschädigt hätten. Er war sehr aufgeregt und brüllte sehr laut mit uns. Er hatte ja schon wiederholt die Polizei geholt, wenn wir den Ball in sein Feld geschossen und ihn von dort geholt hatten. Er entriss mir das Messer, ging auf Mohammad los und nahm ihm den Ball weg.

Auf Nachfrage gebe ich an, dass ich nicht weiß, was er mit dem Messer gewollt hatte. Mohammad ist ja nicht verletzt. Vielleicht wollte er den Ball kaputt machen oder Mohammad töten. Dann torkelte er, warum weiß ich nicht, fiel hin und blieb liegen. Da wir dachten, er sei wieder einmal betrunken und würde schon nach Hause finden, wie schon öfter, ließen wir ihn liegen und gingen nach Hause ins Asylheim.

Belehrt dass meine Angaben nicht logisch und schlüssig sind und übertrieben wirken, nehme ich zur Kenntnis, dass ich bis zum endgültigen Abschluss der Untersuchungen tatverdächtig bin und daher festgehalten werde."

Ende der Vernehmung: 15:22 Uhr.

Gezeichnet: Ali Sadat e.h., Leutnant Weimperl e.h., Bezirksinspektorin Kummer e.h., Samira Qaher e.h.

Da hatten sie sich aber ordentlich Zeit gelassen. So einfach ging das also bei Weimperl und Kummer. Da musste Beer ja noch hoch zufrieden sein, dass er nicht selbst auch inhaftiert worden war.

Beer war entsetzt. Da hatten die beiden den armen Ali tatsächlich in den Verwahrungsraum gesteckt. Er brachte ihm noch eine Wurstsemmel in seine Zelle, die von der Jause übrig war, und sprach ihm sein Bedauern aus. Ali warf Beer die Semmel an den Kopf. Er wolle kein Essen, er wolle hinaus. Und er esse kein Schwein.

20. Kapitel

Donnerstag. Beer hatte schlecht geschlafen. Die halbe Nacht hatte er gegrübelt, ob er Schuld sei an der Inhaftierung des Ali. Von dessen Schuld war er nicht wirklich überzeugt. Aber irgendjemand musste es ja gewesen sein. Er hatte kein gutes Gefühl.

„Hast du was gesagt?", meinte Gerlinde. „Nein, das war gestern." erwiderte Beer missmutig.

Das Frühstück verlief wortkarg. Die Tageszeitung war schon wieder nicht pünktlich zugestellt. Wie oft hatte Beer sich schon über die Unzuverlässigkeit des Zustellers beklagt – ohne Erfolg. Wenn die Zeitung nicht um 6 Uhr an der Tür war, konnte er darauf verzichten. Nach Dienst hatte er schon die Internetmeldungen des nächsten Tages gelesen – da war er an gestern nicht mehr interessiert. Wenn ihm in der Früh nicht nach Plaudern war, hatte die Tageszeitung meist eine wichtige Ablenkung dargestellt.

Gerlinde wiederum war enttäuscht, dass er sich über ihre teuren Wäscheteile nicht etwas mehr gefreut hatte. Ihm solle doch auch das gefallen, was ihr gefällt. Und die ordinären Teile aus dem Versandhaus, dessen Katalog sie trotz fehlenden Absenders in seiner Post erkannte, fand sie abscheulich. Das sei allenfalls etwas für junge Pupperl auf Partnersuche, meinte sie. Es war nicht sinnvoll, diese Diskussion zum x-ten Mal abzuführen, das konnte nur in Eskalation enden. Und innerhalb von Minuten wäre wieder die Trennung am Tisch gewesen und dass sie sowieso noch niemals miteinander reden und aufeinander eingehen hätten können. Das war verzichtbar.

Beer würgte an seinem Honigbrot und stürzte den Kaffee als Schluckhilfe nach. In solchen Situationen half nur, so rasch wie möglich zur Arbeit aufzubrechen.

An der Zufahrt hielt ein Auto. Jemand stieg aus und ließ die Tür offen stehen. Fremdartige Musik drang lautstark aus dem Inneren. Der laufende Motor dröhnte, der Auspuff röhrte durch seine Rostlöcher und ab und zu ertönte ein helles blechernes Scheppern. Eine dunkle Gestalt näherte sich dem Haus – der Zeitungsausträger! Endlich! Beer stürzte vor die Tür.

„Halt! Stopp! Gendarmerie!", brüllte er in das noch verschlafene Dunkel hinaus. Es passierte ihm nach über 15 Jahren immer noch, dass er Gendarmerie sagte, wenn er überrascht war. „Warum kommt die Zeitung immer so spät?" Der Mann trug nicht nur dunkle Kleidung, auch sein Gesicht und seine Hände waren schwarz. Beer sperrte Mund und Augen auf: Der Afrikaner!

Irgendetwas in Beer schaltete sofort auf Verhörmodus und die Zeitungsverspätung war vergessen.

Nun hatte er Wichtigeres zu tun als sich mit den aktuellen Fußballniederlagen über Gerlindes Missvergnügen hinüberzuretten.

Der Zusteller hieß, wie Beer den Papieren des Mannes entnahm, Ebong Haihambo, geboren am 1.7.1997 in Namibia. Er war Asylwerber und durfte als solcher freiberuflich Zeitungen ausliefern. Mit den dafür ausbezahlten etwa 400 Euro im Monat verdiente er sein Auto und seinen Lebensunterhalt.

Ja, er habe Montag früh am Morgen auf dem Parkplatz in Scharsing einen Betrunkenen am Boden liegen gesehen. Das sei öfter vorgekommen. Er hätte ihm nicht helfen können, da er es stets sehr eilig habe. Es gäbe immer wieder Beschwerden über unpünktliche Zustellung, und sein Zustellungsgebiet würde ständig größer. Daher habe er die Rettung gerufen und sei dann weiter gefahren. Dass der Mann tot sein könnte, war ihm nicht in den Sinn gekommen. Messer trage er keines bei sich, hatte auch gestern keines dabei gehabt. Zu Hause habe er nur ein Buttermesser.

Nach 15 Minuten beendete Beer die Haustürvernehmung und entließ den gestressten Zusteller. Er hielt ihn für glaubwürdig. Weimperl würde stolz sein, dass er seine Zeugenaussage so schnell sicherstellen konnte.

21. Kapitel

Eigentlich hatte sich Beer vorgenommen, dem eingesperrten Ali zwei Honigbrote in den Verwahrungsraum zu bringen und mit ihm zu besprechen, welche Erhebungen noch abgeschlossen werden müssten, bis sich der Verdacht gegen ihn erhärten oder entkräften würde.

„Beer, wieder 10 Minuten zu spät!" Weimperl hatte ihn schon bei der Haustür abgepasst. Beers erwarteter Triumph fiel aus. Die Vernehmung des Haihambo, derentwegen er auch noch verspätet sei, wäre nicht ordnungsgemäß erfolgt und nicht schriftlich und unterschrieben, daher wirkungslos. Im Übrigen hätte er bei einem afrikanischen Menschen systematisch einen Drogentest vornehmen sollen. Bei denen wüsste man ja nie.

Beim Weimperl auch nicht, sagte sich Beer. Dem konnte man es wohl nie recht machen.

„Unter Freunden gesagt", versuchte es Weimperl wieder einmal auf amikal, „du solltest dich mal fragen, welche beruflichen Alternativen du bis zur Pension noch hast. Oder besorg dir eine Diagnose für eine vorzeitige Pensionierung."

„Unter Freunden ..." Unter Freunden verstand Beer etwas ganz anderes als den Warmduscher Weimperl. Weil man ihn nicht mehr haben wollte, ihn aber in seinem Alter und mit seiner Dienstzeit nicht so einfach in die Wüste schicken konnte, wollte man ihn soweit zermürben, dass er selbst den Hut drauf hauen würde.

Den Hut – seine Gedanken schweiften schon wieder ab. Zu dem kleinen mongoloiden Rudi mit Hut. Er hieß einfach Rudi mit Hut. Den Nachnamen kannte kaum jemand. Mongoloid durfte man anscheinend auch nicht mehr sagen. Beer hatte gehört, die Mongolei sei dagegen.

Manchmal fragte sich Beer, ob sich Behinderte wirklich dadurch besser fühlten, dass man sie unaussprechlich Menschen mit Lernschwierigkeiten nannte. Oder mit besonderen Bedürfnissen. Hatte er die nicht selbst auch? Angeln zum Beispiel? Oder Ruhe vor Menschen wie Weimperl und Kummer?

In einer Fernsehdokumentation über Behinderte hatte ein Kunde – so wurden die Behinderten neuerdings offiziell genannt – gefordert, ihn nicht behindert zu nennen. Das sei diskriminierend. Wie er denn gern bezeichnet würde? „Handicap", war die Antwort. Ob er wüsste, was Handicap bedeutet, verneinte der Mann.

Die Moderatorin erläuterte, Handicap stamme aus dem Englischen. Zur Zeit der industriellen Revolution mussten auch Frauen und Kinder für einen Schandlohn in den Fabriken arbeiten. Ihre nicht arbeitsfähigen behinderten Kinder trieben sich bettelnd mit ihren Kappen in der Hand in der Stadt herum. Daher Handicap. In England galt das Wort Handicap daher als Diskriminierung. Außer beim Golf. War das besser? War es denn besser, die Behinderten so zu bezeichnen, dass sie selbst die Diskriminierung nicht verstanden?

Beer hasste solche Euphemismen. War es fairer, Romaschnitzel zu essen und danach zum Afrikanerschweiß einen Dunkelhäutigen im Hemd? Weimperl war so ein Spezialist für Schönrederei. Jeden Tiefschlag konnte er sich noch irgendwie schön reden. Beer war dazu völlig unbegabt. Vereinzelt konnte er sich seine Situation schön saufen. Aber Weimperl schien sich gut zu fühlen nach dem Motto: Ich bin froh, dass es regnet, denn wäre ich nicht froh, regnete es auch.

Der behinderte Rudi mit Hut hielt beinahe Tag und Nacht Wache vor dem Eingang seiner kleinen Wohngemeinschaft, die in einem schon etwas heruntergekommenen Altbau am westlichen Ortsausgang von Leopoldstal untergebracht war. „Heimwerk – Wohngruppe für geistig behinderte Menschen" stand auf dem abblätternden Türschild. Soweit war die Schönrednerei noch nicht vorgedrungen. Vom K aus dem Wort Heimwerk zeugte nur mehr eine Spur des Klebestoffes, mit dem der Buchstabe befestigt gewesen war. Das K selbst war wohl abgefallen. Anfangs hatte Beer ja das Wort Heimwehr zu entziffern geglaubt, hatte sich aber bald überzeugen können, dass es wohl nicht mehr darum ging.

Obwohl, genau betrachtet, der erst kürzlich im 101. Lebensjahr verstorbene langjährige Obmann des Heimwerks, ein gewisser Oberamtsrat Eckehardt Vorderlader, ehemaliger Gemeindeamtsleiter, der seinen mit der Pension eigentlich abgelegten Amtstitel Jahrzehnte nach seiner Pensionierung weitergeführt und als Anrede eingefordert hatte, der könnte vielleicht noch ein wehrhafter Heimwehrkämpfer gewesen sein. Immerhin hatte er für seine Jahrzehnte lange Tätigkeit, wer weiß wo, eine Verdienstmedaille der Landesregierung erhalten, die er stets am Revers trug und auf die er regelmäßig verwies, wenn man ihm einen Wunsch abschlagen wollte. Was schier unmöglich war.

Immer wieder war er in der Polizeiinspektion erschienen, wenn er meinte, dass die Polizei etwas für die Menschen tun sollte, die er „meine Behinderten" nannte, die in „seinem Heim" oder „bei ihm" wohnten. Obwohl er selbst am anderen Ortsende in einem villenartigen Einfamilienhaus residierte. Er drang stets ungefragt in alle Räume ein und war nicht aufzuhalten, bevor er nicht seine ganze Vorderlader-Munition verschossen hatte. Ohne Rücksicht auf Rang und Namen herrschte er alle lautstark an und duzte dabei selbst den Dienststellenleiter, ohne das

Du für sich zu gestatten, bis er bekam, was er sich in den Kopf gesetzt hatte.

Bewarb sich in seinem Heimwerk eine Mitarbeiterin oder ein Mitarbeiter, verlangte er nicht nur strafrechtliche Auskünfte über diese Person, sondern auch über deren Privatleben, politische Zugehörigkeit und Zuverlässigkeit. „Also net dass uns da so WG-Hippies und Grüne Drogensüchtige ins Heimwerk kommen." Und er schien seine Informationen stets erhalten zu haben. Der Chef war ja bei der richtigen Partei.

Nur für Beer hatte er seltsamerweise eine gewisse Bewunderung: „Du gefällst mir!", sagte er, „Du bist noch ein richtiger Gendarm aus altem Schrot und Korn. Nicht so wie die jungen Pupperln da." Er deutete auf die Kollegenschar, die sich jeglichen Kommentars enthielt.

Stets verlangte er besondere Unterstützung, wenn er mit „unseren behinderten Kindern" etwas unternehmen wollte. Jährlich verlangte er etwa, mit ihnen die Polizeiinspektion inspizieren zu dürfen, was die meisten von ihnen schon langweilte. Und selbst für Veranstaltungen, die er „Behindertenweinlese", „Behindertenfasching" oder „Behindertenreiten" nannte, orderte er Polizeischutz. Dafür erhielt die Polizeiinspektion nach der Weinlese eine ganze

Flasche Wein, währenddessen der Herr Oberamtsrat wohl drei oder vier konsumiert hatte.

Vorderlader und Beer waren sich einig, dass man Rudi mit Hut vor unangenehmen Nachstellungen der Polizei schützen müsse. „Der Bub tut doch nix!" Der gut 50jährige „Bub" Rudi stand beinahe den ganzen Tag Habt-Acht vor dem Heimwerk, zog vor allen vorbei Kommenden den Hut und machte einen schönen Diener. Blieb jemand stehen und grüßte zurück, so betonte er, wie wichtig ihm Hüte seien. Angeblich besaß er einen ganzen Schrank davon. Rudi bettelte auch um Hüte und Beer hatte ihm einst eine zerbeulte Gendarmerie-Kappe geschenkt, die hinter einem Büroschrank aufgetaucht war. Rudi erinnerte sich daran noch nach Jahren und bedankte sich bei jeder Begegnung für die „Polizei", wie er seine Kappe nannte. Was wusste der schon von Polizei. Der konnte im Grund genau gar nichts und war mehr oder weniger völlig lebensuntüchtig.

Mehrmals hatte Beer einschreiten müssen, wenn Rudi aus unversperrten Autos oder in Geschäften Kopfbedeckungen entwendet hatte. Einmal hatte er sogar Hüte in einem vorsätzlich dafür mitgebrachten Sackerl unter der Jacke aus einem Supermarkt hinausgeschmuggelt, und erst der Warenhausdetektiv hatte sie ihm abgenommen. Ihm fehlte diesbezüglich jegliches Schuldverständnis. Er war nur sauer, wenn er den Hut nicht behalten durfte.

Beer bewunderte ja irgendwie Rudis praktische Intelligenz, wenn es darum ging, was ihm im Leben wichtig war. In der Wohngruppe, sagten die Betreuerinnen, konnte Rudi noch nicht einmal einen Teller wegräumen. Aber wo und wie er zu Hüten kommen könnte, dafür hatte er eine richtige Bauernschläue entwickelt. Mitunter hätte sich Beer gewünscht, dass Weimperl so zielgerichtet hätte planen könnte...

„Wo sind denn schon wieder deine Gedanken?", herrschte ihn dieser plötzlich an. Beer schrak hoch – ach ja, Weimperl wollte, dass er sich einen anderen Job suchte. Wo hatte er das schon einmal gehört? Stimmt! Major Munterer hatte das als seine Fürsorgepflicht für die Mitarbeiter bezeichnet, dass sie selbst kündigen, wenn sie schlecht behandelt werden. Dabei konnte man Beer beim besten Willen keine Dienstverletzungen vorwerfen, das hatte ja auch der Major bestätigt.

Was Beer damals nur erahnen konnte, hatte ihm später Barbara Zauner, eine ebenso junge wie sympathische Inspektorin, auf einer elendslangen Begleitfahrt für einen Sondertransport im Schutze des Streifenwagens und unter strengsten Verschwiegenheitsbezeugungen anvertraut: Eine Mitarbeiterin aus dem Vorzimmer des Majors und zugleich Frauenbeauftragte hatte während seines Urlaubes sämtliche Kolleginnen und Kollegen über Beers dienstliche Verfehlungen und insbesondere sexuelle Belästigungen ausgefragt. Man solle gut nachdenken, irgendetwas müsse es doch sicher gegeben haben, drang sie tief in die Kollegenschaft. Aber mehr als die erwähnten Blaulichthendln und eine Bemerkung über den Ort Fucking im Innviertel waren dabei wohl nicht herausgekommen. Und die reichten nicht für eine Suspendierung. Nur für Nichtbeförderung und Versetzung.

Manchmal lohnte es sich also doch, wenn man zu derart langweiligen Einsätzen befohlen wurde, die Chefinspektor Mattes sonst nur den Dienstjüngsten aufzutragen pflegte. Beer fühlte sich seither zu Barbara hingezogen. Keine Liebessehnsucht, sie hätte schon eher seine Enkelin als seine Tochter sein können, aber eine innere vertrauliche Verbindung war da entstanden. Und wenn er ehrlich war, als Schwiegertochter wäre ihm eine wie die Barbara schon recht gewesen. Da fehlte nur der Sohn dazu.

Was Ali betraf, hatte Leutnant Weimperl bei Major Munterer erwirkt, dass eine Verlängerung der Anhaltung bei der Staatsanwaltschaft beantragt würde. Immerhin sei er eines Mordes verdächtig. Außerdem war er wohl auch einmal mit ein paar Gramm Cannabis erwischt worden. Und es gäbe Ermittlungen im Zusammenhang mit Belästigung von jungen Frauen. Möglicherweise sei Ali, was dieser bestreite, Mitglied einer Gruppe betrunkener Flüchtlinge gewesen, die am Hauptbahnhof ein paar

Mädchen unflätig angesprochen hätten. Dabei interessierte sich Ali doch gar nicht für Mädchen. Nach Erhalt der Erhebungen an der Leiche des Kavalier würde über Untersuchungshaft entschieden werden. Daher befahl Weimperl dem Beer, die Ergebnisse der Pathologie raschest zu besorgen.

Kurz war Beer versucht, rückzufragen, ob Weimperl das nicht per E-Mail anfordern könne. Es war allgemein bekannt, dass Weimperl wiederholt den Erhalt von Mails geleugnet oder Nachrichten unerledigt gelöscht hatte und überhaupt am Computer nicht besonders firm war. Anderseits war es Beer auch durchaus recht, hier wegzukommen. So entschied er sich, den Spott hinunterzuschlucken und sich eine Dienstfahrt zu vergönnen. So konnte er wenigstens für eine Zeit seinem Vorgesetzten ausweichen. Von der Unschuld des Ali immer noch überzeugt machte er sich auf den Weg ins Rechtsmedizinische Institut.

22. Kapitel

Die Sitzbank im Wartebereich vor der Pathologie der Universitätsklinik bestand aus einem vielleicht 40 cm tiefen Holzbrett, das mit Winkeln an der Wand angeschraubt war. Für eine kurze Rast mochte das ausreichend sein. Aber stundenlanges Sitzen zermürbte auch das Gebein eines resilienten Polizisten. Beer versuchte, ein wenig auf und ab zu gehen. Aber jedes Mal, wenn er sich in dem schmalen Gang erhob, wurde ein Bett mit einem Toten, ein offener leerer oder ein zugedeckter Sarg vorbeigeschoben.

Beer meditierte, warum er eigentlich Polizist geworden war. Wollte er nicht für Gerechtigkeit und Sicherheit sorgen, damit es die Menschen besser hätten? Was hatte es mit Gerechtigkeit zu tun, wenn grundlos Flüchtlinge eingesperrt und sogar untadelige Polizisten der Schwerverbrechen verdächtigt wurden?

Abgesehen von Schnellfahr- und Parkstrafen, wo hatte er denn zuletzt erlebt, für Gerechtigkeit sorgen zu können?

Etwa vorigen Monat als der Bürgermeister wutentbrannt in die Inspektion gebraust war und lautstark nach Chefinspektor Mattes verlangt hatte? Durch die geschlossene Tür hatte er ihn brüllen hören, was es für eine Frechheit sei, ihn wegen so einer Lappalie anzuzeigen, und man müsse das sofort widerrufen. Kleinhuber war für seine Schreiorgien bekannt, die er oft noch mit bedrohlichen Gesten seiner riesigen Hände begleitete. Die jungen Kolleginnen und Kollegen hatten dem Bürgermeister einen Spitznamen verliehen. Sie sprachen nur vom „Schreihuber". Wenn er nicht da war. Alle wussten es. Zwar kannte niemand Zeugen oder Beweise, doch alle hatten schon irgendwann irgendwo irgendetwas gehört. Und sei es durch geschlossene Türen.

Beer kapierte sofort, dass sich das Blatt wieder gegen ihn wenden würde. Er erinnerte sich: Als ein Herr Peter Eichinger vor einem Monat die Polizeiinspektion aufgesucht hatte, um Anzeige zu erstatten, war Beer bereitwillig auf seinen Schulfreund und Banknachbarn aus dem Gymnasium zugegangen und hatte die Sache übernommen.

Eichinger hatte Anzeige gegen Bürgermeister Kleinhuber erstattet, weil ihn dieser mit Erde beworfen hätte. Eichinger sei bei wenig Verkehr mit seinem Mountainbike-Club auf der Bernsteiner Bezirksstraße Richtung Norden unterwegs gewesen. An der linken Seite der Bezirksstraße war gerade ein Gehsteig errichtet und ein Grünstreifen mit Bäumen angelegt worden. Davor standen ein Kipplaster mit Erde und ein kleines Baufahrzeug, berichtete Eichinger. Als sich die Gruppe der Baustelle näherte, wäre sie von Erde getroffen worden, die quer über die ganze Straße geschleudert auf den Radfahrern landete. Sie hätten den Bürgermeister in der Künette stehend vorgefunden, in hohen Gummistiefeln, mit weißem Schutzhelm und einer Warnweste über seinem Maßanzug. Vor ihm hätte eine Gemeindesekretärin einen voluminösen Fotoapparat mit beachtlichem Zoom-Objektiv noch im Anschlag gehabt. Laut Eichinger wären hier ganz offensichtlich Fotos angefertigt worden, die den tüchtigen, keine Dreckarbeit scheuenden Bürgermeister im Gemeindeblatt oder im Internet präsentieren sollten. Für ein gutes PR-Foto konnte schon mal was daneben gehen...

Von Entschuldigung sei keine Rede gewesen. Vielmehr hätte Kleinhuber die Radfahrer beschimpft, dass sie hier bei der Baustelle nicht fahren hätten dürfen. „Die Baustelle geht euch einen feuchten Dreck an!" Und den hätten sie ja wohl deshalb auch abgekriegt. Nun sollte er dafür zahlen. Die Baustelle sei nicht gesperrt, die Durchfahrt sei erlaubt gewesen, betonte Eichinger.

Nein, verletzt sei Eichinger nicht. Aber Kleinhuber hätte ihm mit den Worten „A Watschen ghört dir!" mit der Schaufel in der Faust gedroht und erklärt, dass Radfahrer nichts als strampelnde Terroristen seien. Deshalb solle Kleinhuber wegen gefährlicher Drohung und Sachbeschädigung angezeigt werden. Eichinger hatte Beer Spuren der feuchten Erde am Sturzhelm, in seinem Haar und an der Renndress gezeigt. „Diese feuchte Erde geht mich etwas an!", hatte Eichinger Wert auf polizeiliche Maßnahmen gelegt.

„Willst dich wirklich mit DEM anlegen?", hatte Beer gefragt. Aber da sein Schulfreund darauf bestand, war er gezwungen die Anzeige aufzunehmen. Wer nun das Ganze wieder ausbaden musste, war auch klar. Selbstverständlich würde die Anzeige zurückgewiesen und Beer ein ordentlicher Rüffel erteilt werden.

Oder war das gerecht, als ein Mitglied einer Bürgerinitiative den Diebstahl von Plakaten in Leopoldstal anzeigte, und der Bürgermeister sich mit einer Gegenanzeige wegen Besitzstörung rächte? Schließlich sei man nicht untertänigst um Erlaubnis eingekommen. Er wäre ja quasi verpflichtet gewesen, die Plakate abreißen zu lassen.

Wie zu erwarten musste auch diese Diebstahlsanzeige fallen gelassen werden. Da Beer aber im Gegenzug auch die Besitzstörung annulliert hatte, war er von der Bürgerliste als Kandidat für die Bürgermeisterwahl vorgeschlagen worden. Was er dankend ablehnte. Mit wem er sich in seiner Freizeit an einem Tisch zusammen und auseinandersetzte, wollte er noch immer selbst entscheiden. In diesem Fall lieber auseinander setzen. „Zusammen koordinieren" musste er in der Arbeit schon mehr als genug.

Bei anderen Plakaten wiederum waren Kleinhuber und seine Genossen nicht so zimperlich gewesen. Lange Zeit wurden Gemeindeveranstaltungen auf Plakatständern der Bürgermeisterpartei angekündigt. Aus Kostengründen natürlich! Da die Gemeinde kein Geld für Plakatständer gehabt hätte, hatte sie Gemeindeveranstaltungen jahrelang in Plakatständern mit dem Parteilogo der Bürgermeisterpartei angekündigt. Was war denn schon dabei, wenn die Partei freundlicherweise der Gemeinde etwas borgte. Und wenn die Menschen glaubten, Gemeindeveranstaltungen würden nur von einer Partei organisiert.

Nun hatte sich aber mancher Bürger und gar manche Bürgerin eingebildet, gesehen zu haben, dass die Plakatständer der Partei in einem Lager der Gemeinde gelagert würden. Anderseits wiederum gab es Gerüchte, ob nicht Gemeindebedienstete für die Bürgermeisterpartei mit Plakaten ausrückten. Wer wusste das schon? Alle wussten es. Zwar kannte niemand Zeugen oder Beweise, doch alle hatten schon irgendwann irgendwo irgendetwas gehört.

Nur, wer sich in diese Richtung äußerte, durfte sich anbrüllen lassen. Und wusste meist auch gleich den Kommandanten gegen sich, selbst wenn der in diesem Fall nicht bei der richtigen Partei war. „Wer schreit, hat Unrecht.", pflegte Beer dann nach einer Schrecksekunde zu antworten.

23. Kapitel

Die automatische Schiebetür der Gerichtsmedizinischen Abteilung breitete ihre Flügel aus. Heraus kam diesmal kein Sarg sondern ein bis zum Boden reichender weißer Mantel, in dem ein lächelnder vielleicht 1,60 Meter kleiner Mann mit Stirnglatze, buschigen, durch seine Gesichtsmimik heftig bewegten, schlohweißen Augenbrauen und einem lustigen Augen-Blick steckte.

„Dr. Aufschnaidter", stellte er sich vor. „Ja ich weiß, ein sehr zutreffender Name in der Pathologie, hundertmal gehört."

„Beer.", sagte Beer.

„Hier haben Sie nun den forensischen Befund von Ihrem Herrn Kavalier. Naja viele Möglichkeiten zum Kavalier-Sein wird er wohl nicht mehr haben. Hat ein bisschen gedauert mit dem Befund, die internen Komplikationen sind bei Leichen oft etwas kompliziert zu diagnostizieren. Und immerhin konnte ich ihn ja nicht befragen – hahaha. Und dann musste ja alles noch mit Ihren Kollegen abgestimmt werden. Ihre liebe Kollegin Kummer hat uns ja olfaktorisch erheblich bereichert in der Prosektur."

„Echt jetzt?", rutschte es Beer heraus. Der Aufschnaidter lachte. „Was glauben Sie, wonach es bei uns in der Prosektur riecht? Patchouli ist da wie ein Mailüfterl dagegen!" Er überreichte Beer lächelnd eine dünne Mappe, bestellte noch beste Grüße an den lieben Major Gerald Munterer, den er von einer forensischen Fortbildung kenne, und zwinkerte Beer zum Abschied freundlich zu. Wieder ein Blinzler, aber bei dem musste man sich wenigstens nicht hinten anstellen.

Im Streifenwagen öffnete Beer die Mappe. Er ignorierte seitenweise Zahlen, unverständliche lateinische Vokabel und Abkürzungen. Auf Seite 7 stieß er auf eine Überschrift: Zusammenfassung. Das war endlich Deutsch und auch für die Polizei lesbar. Er überflog sie.

Befund:
Patient Sebastian Kavalier, Sozialversicherungsnummer ... geboren... zuletzt wohnhaft... verstorben am... quaqua. Wen interessierte das ...

Äußere Begutachtung: Stumpfes Trauma ... Rissquetschwunde an der linken Schläfe mit mäßigem Blutaustritt, Hautabschürfungen an beiden Handflächen, rechts auch kleinfingerseits, an beiden Unterarmen ... Ellbogen ... beiden Knien ... Beschädigungen der Kleidung, passend zu ... Sturzereignis. Keine weiteren äußeren Verletzungen, keine Stichverletzung. Geringfügige äußere Verletzungen ... kommen als Todesursache nicht in Frage.

Blut: Alkoholgehalt 1,36 Promille. Glucose 426 mg

Allgemeine Beschreibung der Leiche: Körpergröße 176 cm, Gewicht 114 kg, adipöser Patient, Geruch nach Fleischspeisen und Bier. Verdacht auf cardiovasculären Tod (Herzinfarkt).

Externe Erhebung Dr. Resinger: schlecht eingestellte Hypertonie bekannt, Diabetes bekannt, unverlässliche Medikamenteneinnahme bekannt

Obduktion: ausgedehnter Vorderwandinfarkt, hochgradige Arteriosklerose, Nierensklerose, Aneurysma der Aorta abdominalis, Mageninhalt fleischliche und vegetabile Speisereste, Alkoholbeimischung

Todesursache: ausgedehnter Vorderwandinfarkt, Todeszeitpunkt etwa 19:30 bis 20:00 Uhr

Vorgefundene Spuren:

Klappmesser: 22 cm lange und bis zu 2,1 cm breite, geschwungene, dolchartige, fixierbare Klinge mit vermutlich arabischer Aufschrift. Anhaftend Fingerabdrücke des Ali Sadat, Sebastian Kavalier und Gruppeninspektor Beer.

Pflasterstein 1: Abfallstück einer 4cm dicken Bodenplatte aus chinesischem Granit, eine Seite glatt geschliffen, eine Seite rau gesägt, der Rest amorph gebrochen. Teilfingerabdrücke des Ali Sadat sowie Blutanhaftungen des Sebastian Kavalier

Pflasterstein 2: Abfallstück einer 4cm dicken Bodenplatte aus chinesischem Granit, eine Seite glatt geschliffen, eine Seite rau gesägt, der Rest amorph gebrochen. Teilfingerabdrücke des Ali Sadat, Wisch-Spuren von schwarzem Schweinsleder und schwarzer Schuhcreme

Fußball aus Kunstleder: diverse typische Abriebspuren, Fingerabdrücke diverser Personen, zuordenbar Ali Sadat und Sebastian Kavalier, flache Stichbeschädigung durch Außenhaut und Ballseele, passend zum vorgelegten Klappmesser.

Linker schwarzer Lederschuh des Sebastian Kavalier: Verkratzungen entsprechend den Spuren am Pflasterstein 2, geringfügige Anhaftungen von Sand vom chinesischen Granit in Übereinstimmung mit Pflasterstein 2.

Forensische Erläuterung: Nach Auswertung der Obduktion sowie der vorgelegten Bildaufnahmen, vorgefundenen Spuren und Zeugenaussagen ergibt sich mit sehr hoher Wahrscheinlichkeit folgender Tathergang: Das von Zeugen beschriebene Fußballspiel mit Fehlschuss ins angrenzende Maisfeld ist nach den Spuren im Schotterboden, den Pflastersteinen im Torabstand sowie den Spuren im angrenzenden Maisfeld und dem vorgefundenen zerstörten Billigfußball glaubwürdig.

Sebastian Kavalier dürfte alkoholisiert vom Gastgarten durch die Hecke auf den Parkplatz geschritten sein. Dort muss er an das Messer gekommen sein. Er trug das Fixiermesser aufgeklappt nach vorne von sich weg, als wolle er damit jemand bedrohen oder verletzen. Mit der Linken hielt er den Ball vor sich, den er nach Zeugenaussagen einem Asylanten abgenommen hatte. Am Pflasterstein 2 blieb Kavalier mit dem linken Schuh hängen und stürzte so unglücklich zu Boden, dass er mit der linken Schläfe gegen die scharfe Kante von Pflasterstein 1 stürzte. Ob er den Fußball bewusst oder unwillentlich erst im Sturzereignis angestochen hat, kann nicht mit Sicherheit festgestellt werden.

Denkbar ist die Absicht, den Ball zu zerstören. Es ist aktenkundig, dass Sebastian Kavalier wiederholte Male die Polizei verständigt hatte, um Anzeige wegen Besitzstörung und Sachbeschädigung zu erstatten, weil Asylwerber den Fußball in sein Feld geschossen und ihn von dort geholt hatten.

Die Schädelverletzung war nicht tödlich. Vermutlich infolge hochgradiger Erregung – Zeugen sprechen von lautem Schreien – und Überzuckerung dürfte beim oder nach dem Sturz ein schwerer Herzinfarkt eingetreten sein. Der Patient war vermutlich sofort handlungsunfähig und dürfte nur mehr wenige Minuten gelebt haben. Todeszeitpunkt daher vermutlich gegen 19:50 Uhr. Zu dieser Zeit war die Dämmerung einigermaßen fortgeschritten, sodass der liegende Mann nicht unbedingt bemerkt werden

musste. Fremdverschulden am Tod wird ausge-
schlossen.

Gezeichnet: Oberarzt Dr. Aufschnaidter, Bezirksinspektorin Kummer

Etwas beruhigter setzte sich Beer im Dienstwagen
zurecht und startete den Motor. Immerhin hatte sich
das Warten ausgezahlt. Spätestens morgen früh
könnte er Ali nach Hause bringen.

24. Kapitel

Freitag Früh war wieder alles anders. Weimperl wachelte Beer mit einem Blatt Papier entgegen. „Es gibt Arbeit! Schau dass du heute einmal was weiter bringst!" Das Papier flog auf den Journal-Schreibtisch, den er im Innendienst zu benutzen hatte.

Es war ein Fax des Bundesamtes für Fremdenwesen und Asyl. Betreffend Ali Sadat werde festgestellt, dass dieser zum wiederholten Mal seinen Interviewtermin nicht eingehalten hatte. Einmal sei er wegen angeblicher Erkrankung nicht erschienen, für die er keine ärztliche Bestätigung vorlegen konnte. Der zweite Interviewtermin am Donnerstag sei grundlos versäumt worden. Die bisher behördlich dokumentierten angeblichen Fluchtgründe Homosexualität und damit in Verbindung stehende Verfolgung in Afghanistan lassen das Asylverfahren wenig aussichtsreich erscheinen.

Afghanistan sei ein sicherer Drittstaat, es werde laufend und unproblematisch dorthin abgeschoben. Laut Auskunft der Staatsanwaltschaft gäbe es ferner Vorerhebungen gegen Sadat wegen Besitz von Cannabis und vermutetem Drogenhandel, außerdem wegen Belästigung von Frauen am Linzer Hauptbahnhof in volltrunkenem Zustand.

Beer brauchte eine Denkpause: Wer mochte da volltrunken gewesen sein – die Frauen oder Ali, der auf Männer stand? Oder die Zeugen, die das behaupteten?

Ferner bestehe laut Information von Leutnant Weimperl vom Polizeikommissariat Leopoldstal der dringende Verdacht, dass Sadat der Ermordung eines ehrenwerten Leopoldstaler Bürgers schuldig sei. Die Staatsanwaltschaft habe daher die polizeiliche Anhaltung verlängert, bis der Verdacht hinreichend erwiesen sei.

Aus diesem Anlass und um eine allfällige Entziehung von Erhebungen und Gerichtsverfahren zu vermeiden, aber auch um Interventionen durch befangene Vertrauenspersonen aus der Region hintanzustellen, werde die sofortige Überstellung ins Polizeiliche Anhaltezentrum Wiener Neustadt angeordnet.

Beer war sprachlos. Ali war doch eindeutig entlastet worden. Das Fax war gestern abgeschickt worden, noch bevor er mit dem gerichtsmedizinischen Befund zurückgekehrt war. Hatte das Bundesamt den Bescheid erlassen, bevor die Vorerhebungen abgeschlossen waren? Das konnte doch nicht wahr sein. Er klemmte sich sofort ans Telefon. Vergeblich. Dass man dort telefonisch nicht durchkomme, war allgemein bekannt.

Erst gegen 11 Uhr wurde das Telefon abgenommen. Beer hatte schon nicht mehr damit gerechnet. Der zuständige Sachbearbeiter, ein Herr Mag. Anton Gagel, sei heute auf einer Fortbildung. Er war für sein Jammern zwischen den Zeilen bekannt, dass man es heute überall mit Ausländern zu tun hätte. Und dass es furchtbar mühsam sei, einen von ihnen abschieben zu können. Er war wohl ein begeisterter Abschieber. Alle wussten es. Zwar kannte niemand Zeugen oder Beweise, doch alle hatten schon irgendwann irgendwo irgendetwas gehört.

Mit „Ausländern" hatte er gewiss nicht die größten Ausländergruppen im Land gemeint, die Deutschen oder Holländer, noch nicht einmal die Türken! Dabei konnte man in allen Supermärkten und in der Gastronomie sächsische und brandenburgische Dialekte hören, die einem gelernten Österreicher schon auch mal kräftig auf die Nerven gehen konnten, dachte Beer bei sich.

Gagels Stellvertreter Emil Freigner führe gerade eine Gruppe von Bürgermeistern durchs Haus und sei unabkömmlich. Frau Kanzleioberoffizial Pauline Strauch, die freundliche Stimme am Telefon, sicherte einen Rückruf zu. Beer notierte trotzdem ihre Durchwahl.

Er wurde ungeduldig. Das ging doch entschieden gegen seine Gendarmen-Ehre, die er in seiner Vereidigung gelobt hatte. Zerstreut sortierte er Papiere, versuchte einige unwesentliche Niederschriften zu verfassen und gab Daten seiner Geschwindigkeitsmessungen für die Strafverfügungen in den PC ein. Dass ein Stockwerk unter ihm ein Unschuldiger schmachtete, ließ ihm keine Ruhe.

Endlich düdelte das Telefon. Karl Matausch! Sein vor einem Jahr pensionierter Freund und Kollege! Mein Gott wie hätte er sich unter anderen Umständen über seinen Anruf gefreut. Seit seiner Pensionierung hatte er ihn vielleicht noch zweimal getroffen. Dabei waren sie früher fast wöchentlich auf ein Bier gegangen. Oder drei. Den Karl brauchte er nun wie einen Bissen Brot, um sich die Geschichte ohne Zurechtweisung aus der Seele reden zu können. Aber er durfte den Anruf des Bundesamtes nicht verpassen. So verabredeten sie sich für den Abend in einer etwas entlegenen Mostschänke, wo man nicht mit der Anwesenheit von Vorgesetzten und Bürgermeistern rechnen musste. Beer musste weiterhin versuchen, im Bundesamt durchzukommen.

11:20 Uhr. Frau Kanzleioberoffizial Strauch bedauerte, dass Herr Freigner mit der Führung noch nicht fertig sei. Sie habe den Rückruf notiert und würde sich verlässlich melden und wünschte Beer ein schönes Wochenende.

12:22 Uhr: Die Kanzleioberoffizielle habe Herrn Freigner gerade am Gang mit den Bürgermeistern scherzen gehört. Die Führung sei gewiss gleich beendet. Sie rufe dann sofort zurück. Ein schönes Wochenende!

12:49 Uhr: Bundesamt für Fremdenwesen und Asyl, guten Tag. Sie erreichen uns außerhalb unserer Dienstzeit. Telefonische Anfragen können Sie Montag bis Freitag von 8:00 bis 13:00 Uhr …

Es war jetzt genau 12:50 Uhr. Beer kochte. Er drosch den Hörer so heftig auf das Festnetztelefon, dass die Plastikverkleidung der Sprechmuschel abbrach. Am liebsten hätte er Ali auf eigene Faust entlassen. Er hatte es doch schwarz auf weiß, dass Kavalier an einer natürlichen Ursache verstorben war. Es kämpfte in seinem Inneren. Sollte er tun was nötig war? Das würde seine sofortige Suspendierung bedeuten. Für die Pensionierung, die ihm schon recht gewesen wäre, fehlten ihm noch Versicherungszeiten. Und wer würde einen Mann in seinem Alter noch bei halbwegs angemessener Bezahlung einstellen? Hatte er denn wirklich eine Wahl?

Die Anzahl der Almdudler-Most-Halben, die er mit Matausch leerte, war Legion. Karl hatte aufmerksam zugehört. Aber einen Ratschlag hatte er auch nicht. Als das Bauernwirtshaus zusperrte, kletterte Beer vorsichtig aufs Rad. Zwar durfte er am

Fahrrad durchaus 0,8 Promille Alkohol haben, aber das ging sich wohl nicht aus. Gut zu wissen, dass der Dienstplan heute keine nächtlichen Kontrollen vorsah. War er heute ein strampelnder Terrorist, wie der Bürgermeister die Radfahrer gern nannte?

25. Kapitel

Samstag! Endlich Wochenende! Da Beer letztes Wochenende Dienst gehabt und den an sich freien Montag für den nächtlichen Einsatz hatte opfern müssen, fand Weimperl kein Argument mehr, warum er Beer nicht frei geben sollte. Er schien es sehr zu bedauern.

Zwar hatte Beer die halbe Nacht gegrübelt und düstere Gedanken um seine Arbeit und um Ali gewälzt. Doch das duftende, noch warme Gebäck, das Gerlinde vom fahrenden Bäcker aus dem Kleinbus besorgt hatte, weckte seine Lebensgeister.

Das ausgedehnte Samstags-Frühstück, das nach langem Ausschlafen oft erst zwischen neun und zehn Uhr begann und sich mit Zeitungslektüre bis gegen Mittag hinzog, genoss Beer stets ganz besonders. Er langte kräftig zu, tat Butter, je vier Scheiben Schinken und ein paar dicke Streifen mittelalten Gouda, den er so liebte, in einen Kornspitz und ein Mohnflesserl. Zwei Semmeln bestrich er dick mit Butter und darauf noch dicker mit Nutella. Er schmunzelte. Im Urlaub hatte er am Frühstücksbuffet gelesen: Ich kann nicht alle glücklich machen. Ich bin kein Nutella Glas. Hoffentlich würde es ihn glücklicher machen.

Das Flesserl und eine Semmel packte er in Butterbrotpapier, legte sie in einen Plastiksack und tat noch drei Dosen Bier aus dem Kühlschrank dazu. Das musste für seinen Angelausflug reichen. Sicherheitshalber legte er noch eine große Tafel dunkle Schokolade dazu. Den Rest verzehrte er zum Kaffee. Der Afrikaner hatte die Samstagzeitung heute pünktlich geliefert. Gerlinde las Kultur und Regionalteil, Beer stürzte sich auf Sport und Motorbeilage. So war das meistens. Der Vormittag war gerettet.

Mittag war schon vorüber, als er endlich mit dem Anhänger samt Angelsachen nach Oberscharsing hinauf strampelte. Das machte ihm heute gar keinen Spaß, strengte ihn mehr als gewohnt an. Zweimal musste er eine Pause einlegen, um auszuschnaufen. Vielleicht sollte er sich doch ein E-Bike zulegen. Die Abfahrt nach Scharsing musste mit dem Anhänger vorsichtiger gefahren werden, damit er nicht ins Schlingern kam. Auch galt es zu vermeiden, dass die mitgeführten Dinge durch Bodenunebenheiten aus dem Anhänger geschleudert würden. Er wählte die kleinere Straße oberhalb des Baches, die in einem kurzen Umweg das Asylheim in einem weiten Bogen umfuhr, und benutzte die schmale Brücke, von der aus er in wenigen Minuten den steilen Seeweg zum Stausee erreichen konnte. Er wollte nicht an die Mordgeschichte erinnert werden. Und schon gar nicht sollten ihn Asylanten erkennen und womöglich nach Alis Verbleib fragen. Und fast noch viel weniger wollte er der Pokorny Rede und Antwort stehen müssen. Das möge Gott oder seinetwegen auch Allah verhüten.

Der Umweg gelang, und nach kurzer Anstrengung bergauf erreichte er endlich das Ufer des Stausees. Der Badestrand war um diese Jahreszeit schon verwaist, nur einzelne Halbnackte räkelten sich noch in der Altweibersonne. Auch der Bootsverleih war schon geschlossen. Und das Seerestaurant schien nach der Hauptsaison Samstag Ruhetag zu haben. Heute würde auch er seine Ruhe finden.

Einige Profihobbyfischer hatten schon die besten Stellen mit ihren Zelten besetzt und ihre acht Angelruten ausgeworfen. Zwei waren pro Person erlaubt. Aber wer sich auskannte, nahm Frau und Kinder mit. Die vertrieben sich irgendwie die Zeit und die Elektronik kümmerte sich um die Fangergebnisse.

Das war nicht nach Beers Geschmack. Er war der Einzelkämpfer: Ein Mann – ein Fisch. Weder ging es ihm um großen Ertrag noch um den sportlichen Erfolg mancher Kollegen, die Fische mit den Angelhaken verletzten, fotografierten, und sie dann wieder ins Wasser warfen. Freilich freute er sich über Beute, wenn sie groß genug war, sie auf den Griller zu legen. Aber es ging ihm mehr um den Vorgang an sich als um das Ergebnis. Der Weg ist das Ziel, war seine Devise.

Es war fast wie beim Tempomessen. Man wartete geduldig, ob in dem verschlafenen Dorf ein Fahrzeug unterwegs wäre. Piepte die Laserkanone laut, hieß es schnell den Löffel auszufahren, wie Beer den Anhaltestab nannte, und den Missetäter anzuhalten. Der schaute meist genauso überrascht drein wie der Fisch, der einen vermeintlichen Leckerbissen erhascht hatte. Dann galt es zunächst in gebotener Langsamkeit eine gründliche Fahrzeugkontrolle durchzuführen – vielleicht war ja das Erste Hilfe Päckchen auch abgelaufen. Irgendetwas lässt sich immer beanstanden. Und erst wenn der Ertappte meinte, alles schon überstanden zu haben, rückte er mit dem Ergebnis der Geschwindigkeitsmessung heraus. Da waren sie dann nicht mehr auf schnelle Ausreden gefasst. Und nur wenige hatten noch eine gute zur Verfügung. Den Block mit den Durchschlägen der Strafverfügungen steckte er wieder in die Uniformjacke. Seine persönliche Beutetasche.

Der eigentliche Hochgenuss am Fischen ebenso wie am Einsatz des Lasermessgerätes war jedoch die Zeit dazwischen. Diese meditative Zeit des Zuwartens, ob etwas passieren würde.

Wenn er auf seinem Klapphocker saß, die Angelrute in der Hand, konnte geschehen, was wolle. Da ging ihm vieles durch den Kopf. Geschichten, Gedanken, Erinnerungen und Phantasien konnten sich ins Unendliche ausbreiten und dazu gehörige Menschen kamen ihm in den Sinn. Und manchmal spazierten sogar in echt nette Leute an ihm vorbei.

Er versuchte die Ali-Geschichte beiseite zu schieben. Sie würde ihn zu sehr belasten. Denk an schöne Momente, an liebe Menschen, sagte er sich vor. Schöne Momente... Ja, wann hatte er zuletzt einen schönen Moment erlebt?

Die meisten Angler hatten sich in der Nähe der Fischtreppe niedergelassen, wo mehr Fische zu erwarten waren. Beer war heute nicht nach Smalltalk und Anglerlatein. Er wählte eine abgelegene Bucht des Stausees, in die ein kleines Bächlein mündete. Hier hatte er wenigstens Ruhe und das frische, sauerstoffreiche Bachwasser würde die Fische anziehen. Beer griff sich einen nagelneuen Blinker, befestigte ihn am Vorfach und warf die Angel weit aus. Bei dem strahlenden Sonnenschein heute würde der glitzernde Blinker wie das LED-Blaulicht am neuen Streifenwagen für Aufmerksamkeit sorgen. Langsam kurbelte er ein und pflügte mit dem Blinker durchs Wasser. Ein weiteres Mal warf er in hohem Bogen aus und drehte die Kurbel. Die Fische würden schon noch kommen.

26. Kapitel

Hinter ihm knirschte der Kies des Spazierweges. Er riskierte einen Blick zurück und bemerkte eine Frau, die einen Kinderwagen vor sich herschob. Hoffentlich schreit es nicht, dachte er. Das würde die Fische vertreiben. „Ja hallo Beer!", ertönte eine freudige, warmherzige Stimme. Sieh da, es war Anna Tschech aus der Nachbarsiedlung. Im Zwillingswagen führte sie wohl ihre Enkelkinder spazieren. Beer lud sie erfreut ein, sich zu setzen. Er war gern in guter Gesellschaft. Tschech nahm auf einem Grenzstein Platz, fuhr aber fort, den Kinderwagen vor und zurück zu schieben. Das machte ihn ein bisschen nervös.

„Bist du noch in der Raiffeisenbank oder schon in Pension?", fragte er sie und warf die Leine erneut aus. Nein, eineinhalb Jahre hatte sie noch. „Wenn die zwei Süßen nicht geschoben werden, wachen sie auf.", erläuterte sie. „Das gewöhnt man so, dass es mir sogar allein im Supermarkt passiert, dass ich den leeren Einkaufswagen hin und her schiebe." Sie beendete ihre Schiebereien. Vorerst schien das den Schlaf der Kleinen nicht zu stören. „Sie sind jetzt schon 14 Monate alt.", erläuterte sie. Beer rechnete nach. Ok, gut ein Jahr. Bei ihm zählte auch niemand die Monate. „Moritz und Auguste. Und zum Fressen süß. Ich hab mich richtiggehend in sie verbrunzt.

Und Ramona ist froh, wenn sie sich mal ausrasten kann."

Verbrunzt? Wenn das mal Gerlinde gehört hätte! Beer hatte die Leine wieder erfolglos eingekurbelt und holte erneut mit der Angel aus. Der Angelhaken verfing sich jedoch am Dach des Kinderwagens, sodass er ihn erst umständlich loslösen musste, bevor er auswerfen konnte. Er schätzte die Tschech. Sie war eine tüchtige verlässliche Person. Im Siedlerverein organisierte sie Kinderfeste und kümmerte sich um die Gestaltung der Grünanlage am Spielplatz. Und sie war eine freundliche und verständnisvolle Gesprächspartnerin. Aber wie alle Menschen, deren Leben durch Kinder aus der Bahn geworfen worden war, drehte sich auch bei ihr alles und jedes um die Kleinen. Beer konnte da nicht mithalten. Was wusste er schon von Windeln, Bäuerchen und Kinderspielen. Allein ihre Anwesenheit tat ihm wohl. Sie hatte eine beruhigende, jede Aufregung vermeidende Ausstrahlung. Das versuchte er zu genießen und hörte zu, während seine Gedanken Ausflüge machten.

Ob er ein guter Vater geworden wäre, wenn es das Schicksal anders mit ihm gemeint hätte? Wohl keiner, der seine Kinder schlägt und verwahrlosen lässt. Aber wie hätte er reagiert, wenn sie kriminell oder Neonazis geworden wären? Konnte man es überhaupt verantworten, Kinder in die Welt zu set-

zen? Oder war es verantwortungslos, das Kinderma-
chen den Verantwortungslosen zu überlassen?

Wie alle Paare hatten Gerlinde und er natürlich
anfangs einen Kinderwunsch gehabt. Und sie hatten
sich erträumt, mit den Kleinen jeweils nur halbtags
zu arbeiten. Aber dann wollte Gerlinde doch noch
ihre ursprünglich abgebrochene Ausbildung zur
Kindergartenpädagogin nachholen. Danach wollte
sie erst einmal Berufspraxis sammeln und absolvier-
te dazwischen zahlreiche Fortbildungen vom Pflege-
seminar bis zum Lachjoga, von der Kräuterpädago-
gin bis zur Edelsteintherapie. Beer wiederum erhielt
die Chance, mehrere Lehrgänge der Kriminalmetho-
dik zu besuchen, ein Auslandspraktikum stand an,
und er hoffte, bei der Gendarmerie etwas zu werden
– nur wo sich eine Stelle ergeben würde, war unge-
wiss. Und wenn dann Kinder da wären, das könnte
hinderlich sein.

Bis sie eines Tages draufkamen, dass sie es
schlicht übersehen hatten. Nun würden sie wohl
keine Nachkommen mehr zeugen. Niemand würde
ihnen je nachkommen. Anfangs waren sie sehr traurig gewesen darüber. Bei allem was sie planten oder
anschafften, drängte sich die Frage in den Vorder-
grund: Für wen das alles?

Hätte sich die feuchte Mietwohnung nicht um einen Bruchteil der Kosten für das Reihenhaus sanie-

ren lassen? Die wäre nach ihrem Tod an den Eigentümer zurückgefallen und aus. Aber wenn sie das Reihenhaus tatsächlich endlich einmal abbezahlt haben würden, fielen dann nicht nur schon aufwändige Reparaturen an, sondern nahte auch schon das Ende der Lebenserwartung? Hatten sie ein Leben darauf gespart, dass sie für kurze Zeit das Haus ihr Eigentum nennen könnten? Ob sie es dann noch nutzen könnten? Wie lange konnte man die Treppe zum Schlafzimmer hochsteigen? Sich pflegen und den Haushalt führen? Den Rasen mähen? Holz für den geliebten Kachelofen hacken?

Ihre einzige Nichte, Julia, würde es wohl einmal erben. Es sei denn, Gerlinde setzte sich mit der Idee durch, das Häuschen dem Hundesportverein zu vermachen. Sie hatte einen Narren an Hunden gefressen. Hund ist Scheidungsgrund, wiederholte Beer oft genug, um es als Drohung wirken zu lassen. Dazu müsste er zuerst sterben – was nach der Statistik gar nicht so unwahrscheinlich war. Darum hatte er testamentarisch verfügt, sie dürfe ihn mit ihrem Hund nicht am Friedhof besuchen. Er wolle nicht von ihrem Mistköter angebrunzt werden, betonte er wieder und wieder. Bei einem Hund würde es Gerlinde niemals stören, dass er statt ins Klo an Bäume pinkelt. Nein, einen Hund, den man auch noch ausführen musste, würde er nicht aushalten. Ihm reichte schon der Kater Strophe, dessen Dosenfutter sein olfaktorisches Empfinden derart in Unmut versetzte, dass er nach der Raubtierfütterung ein Herren-Deo benutzte. Am liebsten hätte er auch den Kater eingesprüht.

Julia also, die einzige Tochter von Gerlindes einziger Schwester Else und Leo, dem Fleischermeister, der mit seiner Frau auch das größte Wirtshaus in Leopoldstal führte. Die beiden Schwestern hatten kurz nacheinander geheiratet, und der Spott der Leopoldstaler war auch nach Jahrzehnten noch nicht völlig verstummt: Die Gerlinde sei von der Gendarmerie abgeholt worden, so sagte man Augen zwinkernd, und Else vom Fleischhauer.

Julia würde das Haus nicht brauchen. Sie würde genug zu erben haben. Zudem hatte sie kürzlich das großzügige Stockhaus ihrer Schwiegereltern geheiratet. Nein, nicht auf das Stockhaus geheiratet. Beers Schwägerin Else war derart auf das Materielle fixiert, dass sie allen Ernstes wiederholt betont hatte, Julia hätte das Haus geheiratet. Ihren Schwiegersohn vielleicht als Beigabe dazu auch.

Was würde Julia mit so einem Reihenhäuschen anfangen. Wahrscheinlich sah sie das ähnlich wie Beers Nachbar Mann. Den hatte erst kürzlich nach einigen häuslichen Auseinandersetzungen, bei denen Beer zum Glück nicht Dienst gehabt hatte, seine Frau verlassen. Iris Dober hatte nach der Eheschließung fallweise einen Doppelnamen geführt und sich Dober-Mann genannt. Ihrer Nachbarin Gerlinde Beer hatte sie gestanden, dass sie damit nur ihren Mann provozieren wollte, dass er neben seinen geliebten Kampfhunden auch ihre Existenz wahrnehmen sollte. Das war auch erfolgreich gewesen und hatte immer wieder zu heftigen – auch tätlichen – Auseinandersetzungen geführt. Bis sie endlich die Koffer gepackt hatte.

Nun hatte Mann die Absicht geäußert, sein Reihenhaus zu verkaufen. Er brauche ein richtiges Haus für sich und seine Dobermänner. Eines, um das man herumgehen konnte. Beer hatte nie das Bedürfnis gehabt, um sein Häuschen herumzugehen oder seine Grenzen zu markieren. Er war ja kein Hund. Aber vielleicht stimmte es, dass Tier und Mensch im Lauf der Zeit einander immer ähnlicher werden würden.

Dabei hatte Mann noch vor ein paar Monaten erklärt, er müsse nun auf dem kleinen Reihenhausgrundstück wohl den geliebten Pool zuschütten, um eine zweite Garage zu bauen. Sein Sohn würde nächstes Jahr 18 und dann brauche man natürlich Auto und Garage für ihn. Beer hatte sich gewundert, dass es Menschen gab, denen mit 18 automatisch Führerschein, Auto und Garage zufielen. So würden die Kinder ja nie ausziehen wollen! Nun, mit Kindern hatte Beer ja tatsächlich keine eigene Erfahrung. Aber Kevin Mann hatte mit dem Auszug der Mutter gleich die Chance genutzt und war zu seiner Freundin gezogen. Mann waren nun wirklich nur die Hunde geblieben.

Beer war so in Gedanken versunken, dass er vergessen hatte einzukurbeln. Umso schneller holte er es jetzt nach. Die Fische waren ihm nicht wohlgesonnen heute. Daher warf er nun besonders weit aus und kurbelte wieder. Irgendeiner müsste doch das Blaulicht an der Leine sehen.

Die Tschech erzählte immer noch von Babybauchweh und Speibereien, von verschiedenen Methoden zu wickeln und dass die Jungen heute leider vieles so ganz anders sehen würden als sie damals. Der kleine Moritz begann zu quäken, und Tschech rüttelte sofort am Kinderwagen. Sie müsse langsam aufbrechen, meinte sie, die zwei Lieblinge würden bald Hunger bekommen. Beer schenkte den Kleinen noch ein unsicheres Duzi Duzi. Die beiden Alten dankten einander für das nette Zusammentreffen und luden sich gegenseitig ein, doch einmal auf einen Kaffee vorbeizukommen. Beer wusste, beide würden die Einladung wohl nicht annehmen. Es war mehr eine nicht ganz ernst gemeinte Höflichkeitsfloskel. Seltsam, dachte er, in der letzten Dreiviertelstunde war kein einziges Wort über sein Befinden gesprochen worden.

27. Kapitel

Etwas zuckte an der Angelschnur. Beer hielt mit der Kurbelei inne, dann spannte er die Schnur ein wenig und kurbelte langsam und ruckweise weiter – nein, das war wohl nichts. Er zog die Schnur ganz ein. Er musste es anders versuchen. Enttäuscht montierte er den Blinker ab, legte ihn zurück in den Anhänger und suchte einen Stoppel aus, den er an die Angel montierte. Pose hieß das Ding eigentlich, hatte er im Fischerkurs gelernt, aber das war doch eine Körperhaltung, wie man sie zum Fotografieren einnahm. Der Stoppel hielt und er hängte eine Made an den Haken. Eigentlich grauste ihm ja vor dem Zeug. Er warf wieder aus und lehnte die Angel an den Grenzstein, auf dem die Tschech gesessen war. Der war noch warm vom Tschech-Hintern. Beim Stoppelfischen hatte er noch mehr Ruhe, weil er nicht dauernd kurbeln und auswerfen musste. Nun konnte er sich in Ruhe die Hände von dem Madendreck sauber machen. Immer wenn er sich bückte, um die Hände in das Wasser zu tauchen, bekam er Angst hinein zu fallen. Aber hier gab es keine Wasserleitung, die Duschen am Badeplatz waren schon in Winterruhe. Er trocknete die Hände an seinen Hosenbeinen ab und fasste nach dem Plastiksack in seinem Fahrradanhänger. Zunächst entnahm er eine große Bierdose, riss sie auf und leerte sie in wenigen Zügen. Nach einem kräftigen, ungenierten Rülpser machte er sich über das Schinken-Käse-Flesserl her. Es passte gut zum bitteren Abgang des Bieres. Nun konnte er sich endlich selbst etwas Gutes tun.

Ein Spruch kam ihm in den Sinn: Essen ist der Sex des Alters. Er mochte gar nicht darüber nachdenken. Gerlinde war ja der Überzeugung, dass sich das mit dem Sex sowieso in einem gewissen Alter aufhöre. Beer erwiderte auf solche Sprüche dann, dass die Wechseljahre wohl der Zeitpunkt seien, den Partner zu wechseln. Dem Hausfrieden diente das nicht. Wenn im Wirtshaus oder unter männlichen Kollegen jemand über seine sexuelle Frequenz zu sehr auf den Putz haute, sagte er bedauernd nur: „Kann mich nimmer erinnern." So wurde er wenigstens bemitleidet. Dabei hätte er weder Lust, sich die ganze Eingewöhnung mit einer neuen Partnerin noch einmal anzutun, noch war er wie in jungen Jahren permanent brünstig. Aber ein bisschen mehr als eine dunkle Erinnerung an etwas Schönes war es ja doch.

Und Beer gefielen die Frauen. Er betrachtete sie auch gern. Nein, nicht als Voyeur. Aber manche gefielen ihm einfach. Er hatte eine optische Vorliebe für schlanke große Frauen mit eher kleinen Brüsten. Besonders sexy fand er schlanke Fesseln, hohe Fußwölbungen und den Thigh Gap – die Lücke, die sich bei schlanken Frauen zwischen den Oberschenkeln auftut.

Manchmal, wenn er beim Shoppen mit Gerlinde lange vor den Umkleidekabinen warten musste, um bei jedem Teil zu sagen, dass es ihm durchaus gefalle, schaute er auch anderen Frauen beim Umziehen zu. Unter dem Vorhang sah er ihre nackten Füße und über dem Vorhang tauchten mitunter Hände auf und zeigten, was gerade ausgezogen worden war. Der Rest war Phantasie, und davon hatte Beer genug. Das fand er aufregender als das langweilige Warten auf die Begutachtung des siebenten Oberteils. Und Gerlinde konnte er schließlich jeden Tag beim Umkleiden zusehen.

Manche Schauspielerinnen bewunderte er für ihren lasziven Gesichtsausdruck oder ihr breites Lächeln und ihre betörenden Lachfalten. Anfangs war Gerlinde eifersüchtig gewesen deshalb. Er solle nicht auf andere Frauen schauen sondern auf sie. Zugleich schwärmte sie für den knackigen Po des Musikentertainers, das Cornetto des Startenors oder den verwuschelten Hundeliebhaber in einem Kinofilm. Und den türkischstämmigen Krimidarsteller, den sie so liebte, nannte sie auch selbst nicht zufällig den Höschenbefeuchter.

Als Beer sich positiv über das Aussehen einer Frau aus der Nachbarschaft geäußert hatte, erwiderte Gerlinde, das sei doch keine Figur, das sei ein Bügelbrett. Und was er mit DER denn reden wolle! „Ich will doch mit der gar nicht reden.", erwiderte

Beer. „Ich will sie nur sehen und Gefallen an ihr finden." Es wird doch sein dürfen, dass einem ein Mensch einfach nur gefällt oder sympathisch erscheint.

An einem Männerstammtisch hatte er einmal die Frage zu stellen gewagt, wem welche Frauen gefielen. Ausgangspunkt der Debatte war eine TV-Verkupplungs-Show gewesen und die Art, wie Menschen sich dort selbst beschrieben bzw. Wünsche an künftige Partner oder Partnerinnen formulierten. Viel mehr als Größe, Gewicht, Alter und Haarfarbe waren da meist nicht herauszufinden. „Wenn meine Zukünftige dann groß und schlank und ein blondes Busenwunder ist, aber strohdumm – was hab ich von der?", meckerte Beer. „Und jetzt ihr! Was würde euch gefallen an einer Frau?"

Mein Gott, was da herum gedruckst und gelogen wurde! Das käme immer darauf an, und im Grund sei man ja verheiratet und gar nicht auf der Suche. Und auf Äußerlichkeiten dürfe man nichts geben. Ob mir meine Sekretärin gefalle, spiele doch keine Rolle, solange sie nur ordentlich sekretiere. Und dergleichen mehr an Ausreden. Ein ganzer Tisch voller Männer mit ihren Sprüchen über „Hasen" und „ihre Mädels" im Büro – und nicht einer hatte genug Eier zu sagen, welche Frauen ihm gefielen? Als hätte auch nur einer von ihnen eine übergewichtige 58-Jährige mit Praxis und fehlenden Vorderzähnen in

171

sein Büro eingestellt. Als wäre es darum gegangen, zuzugeben, von welchem Supermodel man nachts feuchte Träume bekam.

Männer fand Beer hingegen vielleicht attraktiv, sportlich, seriös – aber keinesfalls fesch oder schön oder anziehend. Was sollte an einem Mann auch sexy sein. Er hielt es da mehr mit der Tante Jolesch, von der alle Welt nur den einen Satz kannte: Was ein Mann schöner ist als ein Aff, ist ein Luxus. Aber auch wenn Beer wusste, dass es bei Friedrich Torberg nicht um Schönheit sondern um die grammatikalische Bedeutung des Wörtchens „was" gegangen war: Zur Homoerotik bezeichnete er sich manchmal als völlig unbegabt.

Freilich kannte er Homosexuelle, und manche Menschen aus seinem Umfeld hielt er auch für schwul oder lesbisch, ohne dass die sich jemals geoutet hätten.

Im Sommer hatte er im Freibad die nun kurz geschorene Mora Thöne-Burmeister sehr vertraut mit einer jungen Frau herumturteln gesehen und war überrascht, dass sie nicht nur Männern zugetan zu sein schien. Es könnte aber auch einfach ihre erwachsene Tochter gewesen sein.

Wie sehr er sich täuschen konnte, zeigte sich aber an Pepi, dem Maler. Der sprach von Kollegen, wenn er über männliche Freunde erzählte. Mit Kollegen fuhr er alte Bauernschränke einkaufen, die er restaurierte, sammelte und manchmal auch verkaufte.

Oder er baute mit einem Kollegen vom Roten Kreuz ausgediente Rettungsautos in Wohnmobile um, die sie nach einmaliger gemeinsamer Reise verkauften, um die Kosten wieder hereinzubekommen. Eigentlich war allen klar, dass sich Pepi nicht für Frauen interessierte. Alle wussten es. Zwar kannte niemand Zeugen oder Beweise, doch alle hatten schon irgendwann irgendwo irgendetwas gehört.

Bis er eines Tages, schon hoch in den 40ern, eine Frau mit Kindern ehelichte und sein Haus auf Familienleben umbaute. Statt von Kollegen sprach er ab nun von „der Meinigen".

Reine Männergesellschaften waren nichts für Beer. Das hatte er schon bei den Ministranten gemerkt, die damals ausschließlich Buben waren. Der damalige Pfarrer hatte ihn einmal in einem Winkel der Sakristei eng an sich gedrückt. Der kleine Beer hatte sich mit Händen und Füßen gewehrt, den Pfarrer geboxt und sich vor Angst in die Hose gemacht. Der Pfarrer hatte ihn darauf mit den Worten „Du feiger Hosenbrunzer! Du hast einen Mann Gottes geschlagen, dafür wirst du exkommuniziert und darfst nicht mehr ministrieren!" aus der Sakristei geworfen. Und Beer hatte sie nie wieder betreten.

Bei den Pfadfindern, denen sich Beer dann ange-
schlossen hatte, war man da schon fortschrittlicher
und förderte die Kontakte der Geschlechter. Fürs
Kloster oder Priesterseminar wäre einer wie Beer nie
in Frage gekommen. Am meisten unter Männern
hatte er allerdings beim Heer gelitten.

Obwohl zur Küche und zum Offizierskasino zugeteilt, wo er sich auch ein wenig Eigenes zum kärg-
lichen Sold dazuverdienen konnte, fand er es unerträglich, dass die mit den wenigsten Keks am Kragen
am meisten drangsaliert werden durften.

Dagegen gab es nur zwei Abhilfen, entweder
freiwillig länger zu dienen, aufzusteigen und selbst
Rekruten zu quälen, oder sich so schnell wie möglich
zu verabschieden. 6 Monate sind genug, hatte der
damals noch sozialistische Kanzler Kreisky zu dieser
Zeit plakatieren lassen. Den fand er toll, vorwiegend
deshalb. Und als Gendarmerieschüler und Enkel von
Oberst Beer ließ es sich einrichten, als dienstwichtig
zu gelten und nicht zu den Waffenübungen einberu-
fen zu werden.

28. Kapitel

Ja der Kreisky, dachte Beer. Das war noch eine Persönlichkeit, zu der man aufschauen konnte! Gut, als glühender Atomkraftförderer, der sich jederzeit gern den Atommüll ins Nachtkastl gestellt hätte, hatte er versagt. Und dass er nach der verlorenen Volksabstimmung nicht wie angekündigt zurückgetreten war, ließ die Glaubwürdigkeit des Sonnenkönigs kaum sinken. Auch diverse illegale Waffengeschäfte, die er „unter der Tuchent" toleriert hatte, waren wieder in Vergessenheit geraten. Aber die Arbeiterklasse hatte Schülerfreifahrt, Schulbücher, Studienzugang, geregelte Arbeitszeit, Sozialversicherung, Urlaubsanspruch – Beer geriet ins Schwärmen, wenn er sich an die damaligen Verdienste der Sozialdemokratie erinnerte. Und erst die Junge Generation! Die sich damals sogar traute, selbst innerhalb der Partei Kritik zu üben. Und manchmal sogar gehört wurde! So mancher Cap war allerdings, nachdem er mit einer rotgrünen Partei gedroht hatte, abmontiert und zum Tschapperl gemacht worden.

Einmal hatte Beer ja mit einer ganzen Abordnung von Gendarmerieschülern den beliebten Bundeskanzler vor böswilligen Demonstranten beschützen müssen. Er hörte es mit, als er einen Sprecher der Demonstranten nach den Anfangsworten: „Wir haben eine Vision…" mit den wie immer besonders langsam und bedächtig ausgesprochenen Worten unterbrach: „Hören Sie! Wenn Sie Visionen haben, gehören Sie zum Psychiater."

Keine Frage, Kreisky war ein Sonnenkönig, eine Majestät, jemand zu dem man aufschauen musste ob man wollte oder nicht. Das Ideal der Arbeiterschaft? Wenn er sich dagegen anschaute, was im Namen der Sozialdemokratie heute am Werk war... Wer von den roten Bürgermeistern und Gemeinderäten machte sich noch die Hände schmutzig bei der Arbeit? Sie stammten aus dem unternehmerischen Milieu oder dem öffentlichen Dienst. Denen war das neue Proletariat, Zugewanderte, prekär Arbeitende, oder internationale Solidarität wie in der Fair Trade Bewegung doch gar kein Anliegen mehr. Was ihnen von Kreisky geblieben war, waren die majestätischen Ansprüche: Erbfolge und Besitzansprüche. Eigentum und Führungspositionen wurden nicht mehr gleich an alle, sondern gleich an die eigenen Genossen verteilt. Genoss*innen sagten sie heute. Sonst hatte sich nichts geändert. Jegliche Fragen oder gar Kritik wurden als Majestätsbeleidigungen abgeschmettert. Hatte aber ein Genosse oder eine Genossin sein Mandat verloren, sorgte die Partei schon für einen gut dotierten Job im öffentlichen Dienst oder einem der der Partei nahe stehenden Vereine.

Die frühere Arbeiterschaft hatte nicht nur Bildung, Urlaub und Krankengeld, sondern auch Haus, Pool und SUV. Was wollten sie noch mehr? Wo waren die Arbeiter hingekommen? Übergelaufen! Zu den Populisten, Spaltern, Neidhammeln, den Ausländerhassern und Impfgegnern samt Verschwörungstheoretikern. Deren einfache Antworten waren leichter zu verstehen als Kreiskys Nachfolger Sinowatz mit seinem ewigen: Die Sache ist sehr kompliziert.

Von den ehemals Christlich Sozialen mal ganz zu schweigen. Seit die Partei von ihrem jugendlichen Erlöser umgefärbt worden war, war von christlich und sozial keine Rede mehr gewesen. Wer Wahlen gewann, war der Heiland der zuvor abdriftenden Partei, und einem Erlöser verzieh man selbst Korruption und das Ausschalten aller bisher wichtigen Funktionäre und Mitglieder. Tausende Menschen, die sich in den Pfarren christlich und sozial engagiert hatten, wurden brutal vor den Kopf gestoßen. Flüchtlinge nach Afghanistan abzuschieben, das war doch eine Zumutung – und schon war Ali wieder da im Kopf des Beer.

29. Kapitel

Verdammt, der Ali. Was wird wohl mit dem. Beer konnte es nicht so leicht wegschieben, wie er gehofft hatte.

Gottlob zuckte es wieder leicht an der Angelschnur und Beer versuchte, sie behutsam einzuholen. Da hing was dran! Ein sehr großer Karpfen konnte es nicht sein, damit hatte er am ehesten gerechnet. Was würde ihn erwarten? Der Stoppel kam näher. Was da dran hing, war noch nicht genau zu erkennen. Das war doch nicht möglich! Das konnte tatsächlich eine Schleie sein. Beer hatte gar nicht gewusst, dass es hier Schleien gab. Und er hatte sie auch nicht angefüttert. Es war geradezu eine Sensation! Noch nie war ihm eine Schleie an den Haken gegangen! Was für ein Glücksfall! Die würde heute Abend besonders köstlich schmecken!

Beers Herz pochte aufgeregt, als er die Leine langsam in Ufernähe kurbelte. Er ließ die Schleie leise in seine linke Hand gleiten. Es war mehr ein Schleichen. Es schnappte nach Luft. Beer fragte nach dem Grund der Tempoüberschreitung, erhielt aber keine Antwort. Er habe mit dem Messgerät 26 Zentimeter festgestellt, 4 Zentimeter unter der Mindestlänge, das wolle er als Ausrede durchgehen lassen. „Na dann will ich noch mal Gnade vor Recht ergehen lassen!", sagte er, als er den Angelhaken aus ihrem Maul herausarbeitete. „Und fahr nicht mehr so schnell!" Er ließ sie sanft ins Wasser gleiten und hängte eine neue Made an, wusch sich die Hände und warf erneut aus. Aus dem Anhänger griff er sich eine weitere Bierdose. Sie war schon lauwarm.

An Schönes denken! An Schönes denken! Sagte sich Beer vor. Seltsam dass ihm dabei Alvira in den Sinn kam. Die sympathische, künstlich erblondete bosnische Reinigungskraft mit den tiefschwarzen buschigen Augenbrauen, die im Auftrag der Firma Putzteufel die Büros des Kriminalbeamtenkorps reinigte. Sie war stets Schlag 16 Uhr erschienen, keine Sekunde zu früh oder zu spät. Und ihr Auftritt war eine Erscheinung. Zu einem Zeitpunkt, da die meisten Kolleginnen und Kollegen schon Dienstschluss hatten oder noch im Außendienst waren, da trat sie auf wie der Sonnenaufgang. War es ihr freundliches Guten Tag, ihr breites Lächeln, ihre allgemeine Menschenfreundlichkeit, die Erkenntnis, dass mit ihrem Auftritt der Dienstschluss bevorstand oder einfach nur, dass man sie selbst wie einen Menschen und nicht wie eine muslimische Ausländerin behandelte? Beer wusste es nicht. Aber ihr freundlicher Gruß war wie ein laues Mailüfterl, das jegliche Mühsal und Ärgernisse verwehte. Es schien sogar den hartnäckigen Patchouli Mief zu vertreiben.

Bei einer Weihnachtsfeier war Beer an ihren Tisch zu sitzen gekommen. Das Gespräch hatte sich um etliche Scheidungen und Trennungen im Kollegenkreis gedreht. Alvira hatte lange zugehört. Dann aber sagte sie mit klarer Stimme und unmissverständlich: „Das liegt nur daran, dass man die Bindungen nicht ernst genug nimmt. Wenn ich jemand heirate, weiß ich doch, dass ich dem mein Leben lang gehöre!" Beer glaubte ein Déjà vu zu haben. Sprach da seine erzkatholische Mutter aus dem Mund dieser jungen ansonsten recht liberalen Muslima?

Peinliches Schweigen setzte ein, und Beer fürchtete schon um die Stimmung am Tisch. Die Rettung kam ausgerechnet von Berta, einer weiteren Putzteufelin, die in ihrem Leben wahrlich nicht auf die Butterseite gefallen war. Sie war gebeugt vom Leben, ihre Haut vergilbt und vertrocknet, die Finger gefärbt vom Zigarettenkonsum, die grau-gelben Haare hingen strohig vom Kopf. Selbst im Heim aufgewachsen waren auch ihr eine ganze Schar von Kindern abgenommen worden, hatte sie Beer einmal erzählt. „Geh red net so schiach," entgegnete Berta, „wir waren neun Geschwister, jedes von einem anderen Vater, und aus uns allen ist was geworden."

Was Beer an dieser Frau so beeindruckt hatte: Ausgerechnet Berta hatte den Eindruck, aus ihr sei „etwas" geworden. Eine Kleinstverdienerin, kinderlos, mehrfach geschieden, Wohnbeihilfeempfängerin, demnächst Mindestrentnerin. Das war doch nicht der Eindruck von „etwas geworden". Immerhin musste er – mehr sich selbst als ihr – zugestehen, sie war weder in die Kriminalität noch in die Verschuldung, weder in Alkohol- oder Drogenabhängigkeit, nicht in die Obdachlosigkeit oder Prostitution abgeglitten. Aus ihr war „etwas" geworden.

Beer beneidete Berta um ihre Lebenszufriedenheit. War nicht auch aus ihm „etwas" geworden, auch wenn er es nur zum Gruppeninspektor gebracht hatte? Wäre es besser, wenn er Leutnant geworden wäre? Warum konnte er das nicht auch so sehen wie Berta?

30. Kapitel

Das dritte Bier war eigentlich zu warm um es zu trinken. Aber es war flüssig. Die Nutella Semmel passte nicht dazu. Beer begann, die Enten damit zu füttern. So leicht konnte man sich Anerkennung holen. Man musste sie sich nur aktiv holen, und sei es von Tieren oder Kindern, sagte Beer manchmal. „Denn von der Anerkennung in meiner Grabrede hab ich nichts."

Fahrradreifen knirschten im Schotter des Seeweges. Ein junger Mann in schlabberigen Hosen und dunklem Kapuzenpullover mit angsterregenden Aufdrucken – sagte man Hoodie dazu? – bremste sich hinter ihm blitzartig ein, dass die Steinchen nur so stoben.

„San sie der Beer?", stieß der Jüngling aus. „Ja." Was sollte Beer mit dem Buben anfangen. „Ich bin der Jan. Ich hab vor zwei Jahren eine CD gefunden. Also, bevor sie jemand verloren hat." „Und?" brummte Beer. Der Typ nervte. „Sie haben mich damals verwarnt und mir gezeigt, wo das hinführt, wenn ich so weiter mach. Heut bin ich weg von den Typen in dieser Disco und weg von dem Schmarrn und sauber. Dafür wollt ich mich bedanken." Beer war plötzlich gerührt. Gern hätte er den Buben jetzt auf ein Bier eingeladen, aber seine letzte Dose war warm und nur mehr halbvoll. Und bevor er sich's versah, hatte der Bub bereits in die Pedale getreten und war auf und davon.

Beer hing seinen Gedanken nach. Da war doch etwas, wofür er gut gewesen sein musste. Wenn das die Kummer oder der Weimperl wüssten. Dass er auch immer an die beiden erinnert wurde, wenn er grad Schönes denken wollte. Jan, Alvira oder Berta, das waren seine Helden oder gar Heldinnen, nicht der Mituntermajor, die Bodschuli-Kummer oder der Warmdusch-Weimperl.

Das Bier war aus. Die Nutellasemmel verfüttert. Die Schokolade in der Sonne zu weich geworden. Der Fischkübel war leer. Abends würden wohl Bratwürste aus der Gefriertruhe auf dem Grill liegen. Es sei denn, Gerlinde hatte wieder den milden quietschenden Grillkäse gekauft, auf den sie so scharf war. Was soll's. Beer hatte ein paar nette Begegnungen gehabt, viel Ruhe und viele nette Gedanken. Was wollte man von einem Samstag mehr.

Sorgfältig packte er das Fischzeug zusammen. Es war eh schon Nachmittag und er wollte den Rasen noch mähen. Der Griller musste befeuert werden und vielleicht machte Gerlinde ihren köstlich-frischen Schichtsalat dazu. Mit einem dankbaren Blick zurück auf den Stausee bestieg er das Rad und freute sich auf ein richtig kaltes Getränk daheim.

Alles weggeräumt, der Rasen stand Habt Acht wie die Haartracht sämtlicher Alis, die Kohlen waren ausgeglüht, der Grillrost in Zeitungspapier gehüllt und kräftig begossen, damit er sich morgen leicht reinigen lassen würde. Schön war der Tag gewesen. Aber auch Herumsitzen beim Angeln macht müde. Den Fernseher drehte Beer erst gar nicht mehr auf. Wie ein Stein fiel er ins Bett.

31. Kapitel

Beer saß neben seinem Freund Peter Eichinger am Schultisch. Dr. Dornbusch verteilte stinkende Spiritusabzüge mit den Angaben zur Mathematik-Schularbeit. Beer versuchte verzweifelt zu erkennen, worum es ging. Er hatte doch seit Jahrzehnten nichts mehr mit Mathéss zu tun gehabt. Als Polizist reichte ihm in der Regel das Kleine Einmaleins und die Grundrechenarten. Er begann unter den Tisch zu sinken. Der Schweiß brach aus allen Poren.

Verzweifelt wandte er sich an seinen Nachbarn Peter, doch der wollte oder konnte ihm nicht helfen. Niemand in der Klasse wollte ihm helfen. Weder Toni noch Hans-Peter, nicht Wilhelmine, Wolfgang oder Ingrid. Von Gitti konnte er sich in Sachen Mathéss sowieso keine Hilfe erwarten, und ein Mitschüler, der allen Ernstes Primus hieß, zischte zurück: „Hättest was glernt, du faule Sau!" Die halbe Stunde war schon vergangen und er hatte noch keinen Strich gemacht. Da stand plötzlich aus heiterem Himmel der gestrenge Dr. Dornbusch vor ihm:

„Was dem Buben an Intelligenz fehlt, soll er halt durch Fleiß wettmachen." Und Mutter ergänzte: „Wenns der Herr Professor sagt, muss es ja richtig sein." Was stank denn da so erbärmlich, nicht nur nach Spiritus? Da war plötzlich die Bodschuli-Kummer und moderte. „Sind Sie damit auch überfordert Herr Kollege?" Beer rang nach Luft. „Sie machen das, weil ich es so wünsche!" tönte eine hohe scharfe Stimme. Wie kam Major Beil plötzlich hierher, bei dem man nicht recht zu wissen glaubte, ob er ein Mandl oder ein Weibel sei. Und schon erscholl Gerald Munterers sachlich ruhiger aber überheblicher Tonfall – Beer blickte direkt in seine hochgereckten Nasenlöcher: „Es ist meine Fürsorgepflicht, dass Sie sich selbst um etwas anderes umschauen müssen, wenn es mir mit Ihnen nicht passt." Und als Beer sich noch bemühte, das arrogante Grinsen Munterers zu ignorieren, erschrak er über ein blitzartig auftretendes Gebrüll, dessen Herkunft er vorerst nicht einordnen konnte: „Du magst zwar ein alter Gendarm sein, aber meine behinderten Kinder wirst du nicht noch einmal mit Fragen belästigen!" Der Vorderlader löste Nachhall im Gehör aus. Der Bürgermeister wiederum schätzte sich mit weinerlicher Stimme glücklich, dass man auch in der Schularbeit in einer Minute von A nach B kommen könne und nicht herumkritisieren solle. Und die Pastoralassistentin war überzeugt: „Lieber Herr Beer, Sie haben doch an freien Werktagen ohne weiteres Zeit, um mit den armen Flüchtlingen Deutsch oder Radfahren zu lernen." Zu allem Überdruss tauchte auch noch Weimperl auf mit dem guten Rat: „Unter Freunden: Wir müssen uns zusammen koordinieren. Zusammen koordinieren … Zusammen koordinieren…" Das Echo schien nicht mehr zu enden.

Beer blieb die Luft weg. Es war stickig heiß unter der Decke. Sein Adrenalin geriet in einen gewaltigen Stau. Er riss die Decke weg, ballte die Fäuste und drosch mit voller Wucht auf Weimperl und die anderen Monster ein. Zugleich setzte er an, ihnen sein Knie in die Weichteile zu rammen.

„Auuu! Was soll denn das? Bist du verrückt?", jaulte Gerlinde. Beer musste sich orientieren. Pffff… Er atmete tief durch. Dann blickte er verunsichert um sich stieß einen tiefen Atemzug aus. „Nur geträumt."

Hatte er tatsächlich gerade seine Frau geschlagen? „Entschuldige bitte, ich hatte einen ganz schrecklichen Albtraum." Geschwächt ließ er sich fallen. Noch schweißnass legte er seinen Arm um sie, löffelte sich hinter ihr ein, und hoffte auf einen gnädigen Sandmann.

32. Kapitel

Sonntag. Durch die frühe Morgendämmerung drangen Vogelstimmen. Ein leichter Wind trug das Schlagen der Kirchturmuhr an Beers Ohren. Erste Sonnenstrahlen brachten die Staubwaugerl über dem Bett zum Tanzen. Gerlinde und er lagen noch immer eng umschlungen da. Gerlinde trug das neue weinrote Teil. Es fühlte sich zart und kuschelig an, wenn er mit der Hand ihren Rundungen folgte. Im ersten Sonnenlicht schimmerte der Haarflaum an ihren Wangen golden. Sie war so schön! Wie gern hätte er sie jetzt geliebt in der aufgehenden Sonne. Er rückte noch etwas näher.

„Guten Morgen!" lächelte Gerlinde und streichelte seine stachelige Wange. Sie schnappte seine zärtliche Hand und legte sie mit einem energischen Griff zurück auf ihren Arm. „Aber Beer! Du weißt doch: Alle Räder stehen still, wenn das Hormon mal nimmer will! Und außerdem ist heute Kindergartenfest!" Beer versuchte die Enttäuschung hinunterzuschlucken.

Zum Frühstück gab es die Endstücke der Topfenbiskuitroulade, die Gerlinde gestern für das Kindergartenfest gebacken hatte. Sie hatte ihnen jeweils ein Gläschen Schilcher Frizzante dazu eingeschenkt. Als Entschädigung? Oder weil sie Beer noch brauchte? Oder den Frizzante? Beer schluckte wieder. Er hatte ihr versprochen zu helfen, ein paar Tische aufzustellen, Kinder zu beschäftigen und Fotos zu machen.

Es war ein eindrucksvolles Pfarrfest geworden, zu dem Beer nach Langem wieder einmal in die Kirche gekommen war. Die Schulkinder hatten die Kirche geschmückt, die Kindergartenkinder tanzten und sangen im Familiengottesdienst. Die graue Pastoralassistentin führte mit den Firmkindern einen Ausdruckstanz mit bunten Tüchern auf. Zum Glück erklärte sie wortreich, was sie gerade ausdrücken wollten. Der Zug der Kinder zur Pfarrwiese wurde verkehrstechnisch von Inspektorin Barbara Zauner abgesichert. Sie winkte Beer fröhlich zu und er stellte sich auf ein paar wohltuende Plauderworte zu ihr mitten auf die Fahrbahn.

Auf der Pfarrwiese wurde gegrillt und Bier angezapft, die Kindergartenmütter verkauften alle ihre selbst gebackenen Biskuitrouladen für einen guten Zweck, die Trachtenmusik spielte den Marsch Hoch Leopoldstal und ein paar Goldhaubenfrauen drehten ihr Köpfe in der Sonne und bemühten sich weidlich, schön auszuzusehen.

Auch die Pokorny in grauem Festkleid sah man die meiste Zeit mit einem Tablett in der Hand an einem der Biertische stehen. Unübersehbar war sich die Magistra der Theologie nicht zu schlecht, das schmutzige Geschirr der Gäste abzuservieren. Genauer betrachtet kam sie vor lauter Tratsch mit den Menschen kaum dazu, etwas wegzuräumen. Sie würde es wohl seelsorgliche Gespräche nennen. Sie kannte ja alle und redete mit jedem und jeder. Und während andere Helferinnen wohl zehn Mal volle Tabletts zu den fleißigen Abwäscherinnen geschleppt hatten, hatte die Pokorny gerade einmal ein paar Gläser eingesammelt. Aber es hätte niemand gegeben, der nicht bemerkt hätte, dass auch die Frau Magistra die Drecksarbeit leistet. Sie zwinkerte heute mehr Menschen zu als die Mora Thöne-Burmeister in einem Monat, ließ aber Beer weitestgehend in Ruhe. War heut ein schöner Tag!

Die Volksschullehrerinnen hatten verschiedene Spielstationen vorbereitet, sodass den Kindern nie langweilig wurde. Annemarie Klein war eine besonders aufmerksame unter ihnen. Wann immer die Polizei mit ihr zu tun hatte, Verkehrserziehung, Schulwegsicherung, Erstkommunion – sie war da, bedankte sich, brachte den Beamten zu essen und trinken, Zeichnungen der Schüler als Dank oder mit den Kindern selbst gebackene Muffins. Sie wusste ihre Arbeit zu schätzen. Das spürte man. Auch Beer war heute schon mehrmals von ihr mit Kuchen und Getränken versorgt worden.

Beer hatte einen kleinen Verkehrsparcour aufgebaut, bei dem die Kinder auf Rutschautos und Laufrädern Verkehrsfrüherziehung genießen konnten. Er liebte den Umgang mit Kindern. Ihre unbefangene und vorurteilslose Zuneigung tat jeder geplagten Seele gut. Er badete in Zuwendung und posierte mit den Kindern, denen er eine Dienstmütze aufsetzte. Gern hätte er hier seine alte Gendarmerieuniform vorgeführt – aber das war ihm dann doch zu heikel.

Auch Rudi mit Hut war gekommen, trug seine „Polizei", die alte Gendarmenmütze, und spielte Verkehrspolizist. Es war friedlich und einfach wohltuend. Ein paar Kleinkinder wollten ihm ein Gedicht über die Polizei aufsagen:

„Zehn Polizisten scheißen in die Kisten... Na, das geht anders, pass auf: Zehn Polizisten hupfen in die Kisten, hupfen wieder raus und gengan zu der Frau..." Egal. Selbst das machte Beer Freude. Er freute sich an der Freude der Kinder.

Und als sich ein paar Kinder für ein Foto auf seinen Schoß setzten, wurde ihm bewusst, dass solch liebevolle Situationen von manchen wohl dazu genutzt werden konnten, um unsagbare Grauslichkeiten an den Kindern zu begehen. Schnell schluckte Beer diesen Gedanken wieder hinunter – der Sonntag war zu schön dafür – und ging sich ein Bier holen.

Als sie mit dem Aufräumen fertig waren, war es noch heller sonniger Nachmittag. Den wollten Beer und Gerlinde nutzen, um noch eine Radrunde zu drehen. Wer weiß wie lange es noch gehen würde. Beer schlug Polycarbonat vor. Der kleine Wallfahrtsort St. Polykarp, wie er wirklich hieß, war als Ziel einer Reise im Grund nur mäßig bedeutend. Aber er lag in einer so günstigen Entfernung, dass sich gemütlich und ohne Überanstrengung eine kurze Radrunde dorthin ausging. Außerdem produzierte Veronika in der dortigen Konditorei Kaltenberger das weitum beste Eis. Sie freute sich auch immer, wenn ihre Stammgäste vorbei kamen, und erinnerte sich an vieles, und wusste zu jedem Gast eine Geschichte. Beer genoss den Himbeer-Schoko-Cup, während sich Gerlinde nichts aus Eis machte und einen fettarmen Joghurt-Lassi-Becher schlürfte.

Als sie auf der Rückfahrt am Stausee vorbeikamen, wo noch immer ein paar Angler ansaßen, schlug Beer vor, doch ins Seerestaurant M&M einzukehren. Sofort war Gerlinde einverstanden. G&G kehrten gern bei M&M ein. Gustav & Gerlinde kannten Markus & Martina, die es vorzüglich verstanden, traditionelle und moderne Küche originell und geschmackvoll zu vereinen. Die Qualität war gut und preislich angemessen, Markus kaufte vorwiegend regional ein, sogar bei der Jägerschaft und den Anglern, wenn sie Erfolg hatten.

Vom Gastgarten des Seerestaurants hatte man eine prächtige Aussicht auf die hohe Staumauer, von der bei entsprechendem Wasserstand ein künstlicher Wasserfall in das schmale Flussbett rauschte. Und den eigenen Wasserhaushalt belebte, wie Gerlinde mitunter bemäkelte.

Beer bestellte sich eine Leberknödelsuppe und den berühmten Schweinsbraten des Hauses, eine Portion, für deren Vertilgung man erst eine gute Strecke geradelt sein musste. Das kam ihm nach Gerlindes Gemüse- und Fischwochen erst einmal recht. Er bestellte oft, was er zu Hause nicht oder selten bekam und auch selbst nicht kochte. Die Entscheidung aus der reichen Bierauswahl brauchte erheblich länger – er musste ja noch heimfahren können. Schließlich nahm er doch nur einen Grapefruit-Radler. Gerlinde entschied sich für einen Vorspeisensalat und eine halbe Ofenkartoffel mit nur ganz wenig Grillgemüseratatouille, dazu ein großes Glas Grander Wasser. Sie wollte auch auswärts so essen wie sie es daheim gewohnt war: Nichts mit ein wenig Etwas.

Mit Hochgenuss hatten sie die vorzüglichen Speisen verzehrt. Beer ließ sich eine Scheibe Braten in Alufolie einpacken. Ob er selbst oder Kater Strophe in den Genuss kommen würden, müsste sich erst noch herausstellen. „Schauen wir mal, dann sehn wir es eh", holte er einen der besseren Allgemeinplätze hervor. Für einen der Nachtische, die originell auf einem hölzernen Nudelwalker aufgelistet waren, hatte er beim besten Willen keinen Platz mehr.

Zum Glück waren es nur mehr wenige Kilometer bis nach Hause. Der letzte Anstieg fiel schon schwer. Auf der Bank vor dem Haus ließen sie den wunderschönen Sonntag noch mit dem Rest des Schilcher Frizzante vom Frühstück ausklingen, bis sie zu frösteln begannen und sich niederlegten.

33. Kapitel

Beer war Montag bereits um halb sieben im Dienst. Heute war Weimperl noch nicht da. Kurz nach sieben düdelte das Telefon. Beer hatte Mühe, das abgebrochene Mundstück in Stellung zu halten. Er würde es mit Tixo ankleben müssen, bis ein neuer Telefonhörer geliefert würde. Solche Beschaffungsmaßnahmen waren bürokratisch und konnten Wochen dauern.

Frau Kanzleioberoffizial Strauch bedauerte außerordentlich, Beer am Freitag nicht mehr erreicht zu haben. Aber dafür habe sie heute auch gleich noch Herrn Magister Gagel nachgefragt:

„Herr Magister Gagel lässt Ihnen ausrichten, dass die Überstellung ins Anhaltezentrum Wiener Neustadt rechtens ist. Es ist derzeit leider nicht möglich, den Delinquenten nach Afghanistan abzuschieben, weil vorher in Österreich noch strafrechtliche Erhebungen abzuschließen seien.

Sobald die Urteile erfolgt und der Asylbescheid erledigt ist, kann endlich abgeschoben werden. Und solange das nicht der Fall ist, muss verhindert werden, dass er irgendwo in Spanien oder Frankreich anonym untertaucht und für die Behörde nicht mehr greifbar ist.

Nein, und es spielt keine Rolle, ob Herr Sadat den Herrn Kavalier erschlagen hat oder nicht. Das entscheiden die Richter. Das Anhaltezentrum orientiere sich in jedem Fall an den Menschenrechten. Und wenn Herr Beer etwas anderes wünsche, könne er sich gerne an Herrn Generalmajor Magister Beil wenden."

Beer war sprachlos. Waren die Menschen in dieser Behörde alle herzkrank? Oder telefonierte er mit einem sprechenden Computer? Da er längere Zeit kein Wort herausbrachte, verabschiedete sich die Oberoffizielle, wünschte noch einen schönen Tag und legte auf. Da war sie wieder, die Beil-Keule. Das Beil im Haus ersparte nicht den Zimmermann, das ersparte das ganze Abbruchunternehmen. Aber was blieb ihm übrig. Befehl ist Befehl. Er hatte nur Befehle auszuführen. Wie seinerzeit der „einfache Wehrmachtssoldat" und spätere UNO Generalsekretär und Bundespräsident Waldheim.

Was konnte er schon dafür, dass hier ein Mensch in den wohl sicheren Tod geschickt würde. War das nicht im Grund eine Delegation der bei uns verpönten Todesstrafe an Schurkenstaaten, die diesbezüglich keine Hemmungen hatten?

Weimperl feixte, als er Beer den schriftlichen Überstellungsbefehl aushändigte. Beer war derart am Boden zerstört, dass er gerade noch erwidern konnte: „Für Überstellungen schreibt die Dienstordnung zwei Beamte vor! Ich nehm die Zauner mit."

„Nix da!", entgegnete der Leutnant. „Das ist doch genau die richtige Aufgabe für dich! Du plauderst doch eh gern mit diesen Muftis. Wir haben zu wenig Personal, das schaffst du auch allein! Gib ihm 10 Minuten, dass er seine Sachen packen kann, und ab mit euch nach Wiener Neustadt. Darfst den neuen Wagen nehmen! Und vergiss nicht ihn zu achten!"

Beer war irritiert. Wieso erwartete Weimperl plötzlich von ihm, Sadat gegenüber menschliche Achtung aufzubringen. Eine halbe Sekunde meinte er, ein Quäntchen Menschlichkeit verspürt zu haben. Doch Weimperl klopfte auf die Achter an Beers Hosengurt, wie man die Handschellen im Polizeijargon nannte. „Du musst ihn achten, nicht dass er dir noch davonläuft! Weil dann haben wir DICH!" Beer war noch in Gedanken versunken. Er hasste es, wenn Weimperl sich so euphemistisch ausdrückte. Jemandem die Achter anzulegen bedeutete doch entschieden, ihn zu missachten. Wie konnte er dazu nur „achten" sagen.

„Ich scheiß auf deine Luxuslimousine!", grantelte Beer, als er zitternd den Ali aus dem Anhalteraum holen wollte. Zunächst musste er ihm erklären, was ihm bevorstand. Ali war außer sich. Er begann zu brüllen wie ein Ochse auf der Schlachtbank und wild um sich zu schlagen. Zwei Kollegen kamen Beer zu Hilfe. Aber Beer hatte die Sache schon im Griff. Im Polizeigriff.

Er legte Ali den Achter an und bugsierte ihn zum Skoda. Ali stieg ein und Beer verzichtete auf die Geste, seinen Kopf mit der Hand zu beugen, wie es in den Fernsehkrimis immer gezeigt wurde. Wenn er sich den Kopf anhauen wollte, sollte er es tun. Was konnte Beer denn dafür. Er musste seinen Grant jetzt an Ali auslassen, jemand anderer stand gerade nicht dafür zur Verfügung. „Anschnallen!", befahl er mürrisch. Er sah sich zu Unrecht angegriffen. Er war nicht schuld am Unglück dieses Menschen, und er wollte es auch nicht ausbaden. Einmal nicht der Deschek sein.

Ach ja, Anschnallen mit Achter am Rücken - das ging nicht, fiel es Beer noch ein. Sie machten ja keine Sexspielchen mit Plüschhandschellen. Aber nun musste er sich ganz nah an Ali schmiegen, um ihm den Sicherheitsgurt anzulegen. Ali roch ungepflegt. Kein Wunder, nach mehreren Tagen Verwahrung. Als sein Kopf mit dem von Ali auf gleicher Höhe war, stieß Ali heftig mit dem Kopf gegen Beers Nase. Das war das einzige, was er in seiner Situation an Abwehr noch schaffen konnte.

„AU!" brüllte Beer und holte mit seiner Rechten aus. Blitzartig zog Ali seinen Kopf ein. Aber zurückschlagen ging natürlich nicht, schon gar nicht vor der Polizeiinspektion, wo es vielleicht noch jemand sehen hätte können. „Immer muss ich einstecken.", dachte er. „Was hab i verbrochen..." Wortlos zog er den Sicherheitsgurt mit aller Kraft so fest an wie er nur irgend konnte. Das war das einzige, was er in seiner Situation an Abwehr noch schaffen konnte.

„Seltsam", sagte sich Beer nachdenklich, „dass wir beide eigentlich in der gleichen Situation sind." und tupfte sich mit dem Taschentuch ein paar Tropfen Blut von der Nase.

34. Kapitel

Im Asylheim versammelten sich alle um das Polizeiauto. Sie waren erstaunt, dass Ali in Fesseln ausstieg. Sogar die Pastoralassistentin war da. „Ja Herr Beer, was machen Sie denn da? Das können Sie dem Ali doch nicht antun! Der hat doch nichts getan! Das haben Sie selbst gesagt! Sie können ihn doch jetzt nicht abschieben! Wissen Sie überhaupt, was es heißt in Afghanistan leben zu müssen? Gestern haben Sie den Kindern so ein schönes Pfarrfest gemacht und heute wollen Sie so grausam sein? Was sind Sie bloß für ein Mensch! Ich bitte sie auf Knien, lassen Sie Gnade vor Recht ergehen!"

Ihre blickdichte graue Strumpfhose deutete tatsächlich eine Kniebeuge an. Beer ließ sie stehen, ließ alle stehen, und führte Ali zu seinem Zimmer. Unterwegs warf er dem Heimleiter, der im Heim angeblich wegen Erkrankung ohnehin fast nie anzutreffen war, eine Kopie seines Befehls in den Briefkasten.

Alis Zimmer war unversperrt. Als Beer die Tür öffnete, huschten zwei Männer mit Stehfrisuren an ihm vorbei und verschwanden im Dunkel des Stiegenhauses. Hatte Ali auch noch Verwandte bei sich aufgenommen? Womöglich ohne Wissen der abwesenden Heimleitung? Derartige Gerüchte hatte man ja wiederholt gehört. In Gedanken hörte Beer schon

Weimperls Befehl: „Das sind Illegale, los, lauf! Sofort festnehmen!" Aber was gingen Beer diese Menschen an, von deren Existenz Weimperl ja nicht einmal wusste.

Im Zimmer angekommen versperrte er die Tür mit dem innen steckenden Bartschlüssel und steckte diesen in die Hose. Dann verriegelte er das Fenster, nestelte aus seinem Gürtel das Schweizer Offiziersmesser heraus und demontierte mit dessen Schraubenzieher den Fenstergriff.

Es war ein winziges Kämmerchen mit nur einem Fenster und einem winzigen WC mit Dusche. Bett, Stuhl, Tisch, Kasten. Kein Vorhang, kein Bild, kein Ausdruck von Persönlichkeit oder Privatsphäre. Staubig, stickig und Unwohlsein auslösend. Irgendwie erinnerte es Beer an das Wachzimmer. Nur lagen dort nicht überall Wäscheteile, Zigarettenasche und Essensreste herum. Die Luft war zum Schneiden – Beer begann durch den Mund zu atmen. Kaum zu glauben, dass hier noch vor wenigen Monaten läufige Geschäfte abgewickelt worden waren. Beer wollte sich das in diesem Ambiente gar nicht vorstellen.

Er nahm Ali die Handschellen ab, stellte sich breitbeinig vor das versperrte Fenster und erklärte mit unnötig lauter Stimme:

„Du alles einpacken, was brauchen. Was nicht einpacken, nicht mehr haben." Ali griff zögernd nach einer Reisetasche, die er unter dem Bett hervor-zog. Er stopfte Wäschestücke, Zahnbürste, Schuhe und noch ein paar Dinge in die Tasche, die sich bald ausbeulte. „Papiere!" erinnerte Beer, und Ali schnappte sich einen Stapel geöffneter Kuverts. Und das Handyladegerät. Ali zippte den Reißverschluss der Tasche zu, hielt sie mit vor dem gebeugten Kör-per baumelnden Händen und zuckte mit den Schul-tern.

„Jetzt Hände!" kommandierte Beer. Ali zuckte plötzlich. Ein blitzartiger Griff in seine rechte Hosen-tasche – Beer war schneller. Im Augenblick hatte er Alis Handgelenk eisern umfasst. Ali jaulte. Beer zog Alis Hand vorsichtig und langsam aus dem Hosen-sack. Sie umfasste kein Messer und keine Waffe. Es waren ein paar zerdrückte Geldscheine. Vielleicht 100 oder 200 Euro. Wohl Alis ganzes Vermögen. Beer fühlte Schamesröte in seine Wangen hochfah-ren. Ali ließ sich auf die Knie fallen und erhob die Hände mit dem Geld wie zum Gebet gefaltet.

„Bitte, Herr Polis, nehmen Geld. Lassen Ali ge-hen. Wenn schieben Ali Afghanistan, Ali krcht! " Er machte die Geste des Halsabschneidens.

Beer spürte Verständnis für Alis Situation in sich aufsteigen. Aber er war ihm Dienst. Er musste an seinen Befehl denken. „Ali, ich kann nicht. Haben Befehl. Wenn nicht machen, groß Problem!"

„Wenn du Ali nicht schieben Afghanistan, du auch krcht?" Wieder diese furchtbare Geste.

„Nein, Ali, was glaubst denn. Wir Rechtsstaat. Wir gut zu Menschen. Aber nix Befehl - nix mehr Arbeit. Kann noch nicht Pension."

„Du groß Problem! Nix finden gut Arbeit? Wie Flugtling! Ali Problem auch: Ali leben oder Ali tot."

Beer kämpfte mit den Tränen. Im Grund hätte es ja nur Vorteile gehabt, den Ali jetzt laufen zu lassen. Es wäre ihm ohnehin viel wohler gewesen, wenn er nur irgendwie in Pension hätte gehen können. Um den Polizeijob wäre ihm nicht leid. Er würde nur keinen Job mehr finden. Arbeitslosengeld beantragen. War das nicht eine Schande für einen gestandenen, vereidigten und pragmatisierten Gendarmen?

Einen Moment überlegte er ernsthaft, ob er diese gewaltige Dienstverfehlung riskieren sollte, um sich den Weimperl, die Kummer, den Munterer und all die anderen für immer vom Leib zu schaffen.

Noch als Gendarm hatte er gelobt, alle Gesetze der Republik getreulich zu befolgen. Er konnte sich doch nicht einfach über eindeutige Befehle hinwegsetzen. Das ging über seine Kräfte. War er deswegen ein Waldheim?

„Komm!", sagte Beer. Er schlüpfte in Einweghandschuhe, legte Ali den Achter wieder an, kontrollierte den Inhalt der Reisetasche und öffnete die

Tür. Der Weg zum Blaulichtfahrzeug war ein Spieß-
rutenlauf. Ein Geheule und Gejohle wie bei einem
islamischen Begräbnis, und dazwischen die maschi-
nengewehrartigen Beschwörungsformeln der geweihten Jungfrau. Wie in Trance schritt Beer mit Ali
durch all das zum Auto. Er ließ ihn einsteigen,
schnallte ihn an und warf die Tasche in den Kofferraum.

35. Kapitel

Am Weg zur Westautobahn war Ali noch sehr laut, brüllte anklagend herum. Beer konnte das meiste nicht verstehen, das ließ ihn leichter abschalten. Er stellte am Radio Lounge FM in der höchsten Lautstärkestufe ein. Als Ali dann heiser geworden war, schien es ihm, als würde das Schreien und Klagen in Schluchzen und Weinen übergehen. Im Spiegel bemerkte er, wie Ali in sich zusammensank. Und irgendwo zwischen Amstetten und St. Pölten war ihm, als ob nichts mehr zu hören wäre.

Beer drehte das Radio ab. Nur die Rollgeräusche des Skoda waren zu hören. War Ali erschöpft eingeschlafen? Oder hatte er einfach kapituliert? Beer konnte es im Innenspiegel nicht erkennen. Er würde sich doch nicht am Ende etwas angetan haben? Gift genommen oder sich die Pulsadern aufgeschnitten? Seltsam, aber Beer fragte sich plötzlich, wie Weimperl reagieren würde, wenn sein neues Luxusauto blutverschmiert zurück käme. Er wäre ihm das sogar vergönnt gewesen. Aber vermutlich würde Beer es putzen müssen. Bei der nächsten Gelegenheit musste er sich überzeugen. Er wollte aber nicht mit Blaulicht am Pannenstreifen Aufsehen erregen und fuhr noch ein Stück weiter.

An der Abzweigung zur Allander Autobahn rührte sich plötzlich etwas im Fonds. Ali richtete sich auf und sagte laut und deutlich: „Müssen Klo."

Er lebte. Beer war erleichtert. Solange es nicht mehr war. Am Rastplatz Hinterbrühl war eine öffentliche Toilette. Beer brauchte sie ohnehin auch schon bald dringend. Er ordnete sich in die Verzögerungsspur ein und fuhr ab. Das ASFINAG Gebäude war eine Baustelle, wurde gerade renoviert. Die WC Anlage war geschlossen. Ein Pfeil verwies an einen WC Container hinter dem Gebäude. Auf der Herrenseite befanden sich ein Handwaschbecken, drei Pissoirs, zwei Sitzkabinen und ein Hockklo. Ali wurde zappelig.

„Geht nicht! Müssen … groß … Scheiße … versteh?" Beer verstand. Er war auch nicht interessiert, ihm das Hosentor zu öffnen oder den Hintern zu wischen, auch nicht mit Einweghandschuhen. Im Klo gab es kein Fenster. Beer würde vor der Tür am Pissoir stehen und warten, bis Ali herauskam. Keine Fluchtgefahr. Gab es da nicht andere Vorschriften? Egal. Keine Zeugen. Was sollte passieren? Er nahm Ali den Achter an einer Hand ab, an der anderen ließ er ihn baumeln, und schob ihn die drei Stufen hinauf in die WC Anlage. Ali schloss die Tür vom Hockklo hinter sich ab.

Als Beer selbst das Treppchen erklommen hatte, bemerkte er, dass der Boden überall voller Urin und Klopapier war. Bei den Pissoirs war er noch dazu mit Erbrochenem übersät. Ein entsetzlicher Gestank hatte sich ausgebreitet. Beer spürte schon, wie es ihn selbst reckte. Das hier wollte er nicht auch noch ergänzen.

Den Geräuschen nach zu schließen hatte Ali noch eine Zeit zu tun. Beer drehte um, neben dem Container war eine Hecke, die den Rastplatz begrenzte. Gerlinde war ja nicht da. Einige Papiertaschentücher lagen schon herum – war das die Damen-Hecke? Als er sich gerade aufbaute, hielt ein Kleinwagen an. Die Lenkerin holte rasch zwei Kleinkinder aus dem Auto. Beer kniff noch einmal zusammen und wechselte hinter den Container. Dort war er nicht einsehbar. Als ihm leichter war, sprintete er zurück zum WC Eingang. Das Hockklo war noch geschlossen. Alles bestens. Er wartete an der Tür des Containers.

36. Kapitel

Wer nicht kam war Ali. Beer wusste, dass Minuten mitunter Stunden dauern konnten. Aber irgendwann reichte es ihm und er rief nach Ali. Keine Antwort. Auch sonst kein Geräusch. Er zwängte sich in Einweghandschuhe, warf einen Stapel Papierhandtücher vom Waschbecken auf den Boden – gewissermaßen als WC Matte – und wagte mit Mundatmung einen Schritt in diese grausige Stätte. Die Tür zum Hockklo war zu, aber nicht mehr verriegelt. Er stieß sie mit der Schuhspitze auf – kein Ali. Er schaute hinter die Türe – kein Ali. Unter der Decke – kein Ali. Andere Kabinen – kein Ali. Damen Klo – kein Ali. Hinter dem Container – kein Ali. Unter dem Container – kein Ali. Oben auf dem Container – kein Ali.

Beer war verzweifelt. Wo war Ali hingekommen? Er kletterte über die Hecke. Kein Ali duckte sich hinein. Hinter der Hecke eröffnete sich ihm ein Wiesengelände, durch das eine Auffahrt zum Rastplatz führte. Der Rastplatz war durch einen mindestens zwei Meter hohen engmaschigen Zaun abgegrenzt. Die Zufahrt war mit einem ebenso hohen Tor versehen. Das allerdings stand offen – wohl wegen der Baustelle. Er konnte aber keinen Ali sehen.

Beer klapperte alle Fahrzeuge am Rastplatz ab, kontrollierte dutzende LKWs, prüfte Fahrerkabinen,

Frachtpapiere, kroch zwischen Paletten, Bierkisten und Tiefkühl-Pommes-Frites herum, erforschte alle Ecken des Rastplatzgebäudes und der Baustelle, blickte sogar in alle Mistkübel – kein Ali. Er fragte alle Leute und erntete Gelächter, weil er im Stress Worte verdrehte und nach einem „läufigen Flüchtling" fragte. Er lief noch einmal ins Gelände zum Einfahrtstor, folgte der Zufahrtsstraße. Erfolglos.

Beer war ratlos. Was war jetzt zu tun? Sollte er in Wiener Neustadt anrufen? Oder in Leopoldstal? Sollte er einen Hubschrauber anfordern? Er war überfordert. Die Kummer hätte sich sicher zu helfen gewusst. Sie hätte ihren verehrten Gerald Munterer informiert und der hätte dem Beer einen Befehl erteilt. Bloß welchen? Den konnte er sich ja auch selbst erteilen.

Zwei Stunden hatte er erfolglos gesucht. Der Ali war sicher schon über alle Berge. Der Ali! Gerade hatte er Beer noch angefleht, ihn laufen zu lassen. Hatte sich Beer nicht bitter geschämt, weil er sein Arbeitsrisiko gegen Alis Todesgefahr in Afghanistan aufgerechnet hatte? Ob Ali in 30 Jahren auch sagen würde, er hätte es „zu etwas" gebracht? Wie die Putzteufelin? Und da wollte sich Beer beklagen, dass er schon wieder nicht befördert worden war!

Es war eine emotionale Hochschaubahn. Beer war von Gefühlen hin und hergerissen wie noch nie in seinem Leben. Er blickte in den Kofferraum des Skoda – Alis Tasche war noch da. Wie ferngesteuert nahm er sie in die Hand und schlug noch einmal den Weg zum Einfahrtstor ein. Außerhalb des Tores stellte er die Tasche an den Zaun. Vielleicht würde Ali ja bei Nacht noch einmal zurückkommen. Er stellte sich in die Einfahrt, schaute ins Land hinein und winkte. „Viel Glück, Ali!" Lange blieb er in Gedanken so stehen. Als ihn die Hand vom Winken zu schmerzen begann, zwang er sich, zurück zum Auto zu gehen.

Am Wagen angekommen erfasste ihn ein gewaltiger Schüttelfrost. Beer sank am Auto nieder und brach in Tränen aus. Es ging nichts mehr. Er war leer.

Er konnte es nicht einschätzen, wie lang er so da gehockt war. Irgendwann fand er es mit seiner Gendarmenwürde unvereinbar, dass er heulend neben seinem Dienstwagen hockte. Er musste irgendwie nach Leopoldstal kommen. Und der Skoda auch. Eigentlich hätte er auf der Heimfahrt gemütlich Mittag essen wollen. Und den Skoda einmal tempomäßig ausreizen.

Er fuhr dahin wie ein Roboter. So zwischen 80 und 100. Ob der Verkehr dicht oder locker war – Beer hätte es nicht sagen können. Ein überbreiter Schwertransport bremste ihn ein gutes Stück auf

Tempo 60 ein. Keine Kraft zum Überholen. Als der Schwerlaster die Autobahn verlassen hatte, vergaß Beer sogar aufs Beschleunigen. Irgendwie erreichte er doch Leopoldstal, gab wortlos den Wagen zurück und radelte mit letzten Kräften heim.

Gerlinde war erschreckt, wie bleich er war. Sie stürzte sich mit ihrer ganzen Fürsorglichkeit auf ihn, aber Beer winkte ab. „Lass mich, es war entsetzlich." Sie ließ ihn. Und Beer warf sich aufs Bett. Wie aufgebahrt lag er da, die Hände auf seiner Brust, und starrte gerade auf die Decke. „Was hab i verbrochen…?" murmelte er noch.

37. Kapitel

Beer war seit einer Woche krank gemeldet. Dr. Resinger hatte ihm dringend dazu geraten. Er hatte es kaum geschafft aufzustehen, sich zu duschen oder anzukleiden. Er war entweder im Bett oder in seinem TV Sessel herumgelegen und hatte jegliches Programm, das gerade geboten wurde, angesehen. Und danach oft nicht gewusst, was er gesehen hatte. Das Telefon hatte er in dieser Zeit kaum einmal abgenommen. Trotzdem war zu ihm durchgedrungen, dass Weimperl und Munterer entsetzlich getobt hätten. Alle wussten es. Zwar kannte niemand Zeugen oder Beweise, doch alle hatten schon irgendwann irgendwo irgendetwas gehört.

Munterer habe zu Weimperl gesagt, er habe jetzt genug vom Beer. Dass der jetzt auch noch ihm zu Fleiß in Krankenstand gegangen sei, schlage dem Fass den Boden aus.

Karl Matausch war irgendwann am Bett bei Beer gesessen und hatte ihm berichtet. Der spürte, dass es mit Beer so nicht weiter gehen konnte. Aber was konnte er schon groß tun außer da zu sein. Er ahnte vielleicht nicht, dass es gerade darauf ankam.

Beer musste noch seinen Bericht schreiben. Das hatte er nach der geplatzten Überstellung nicht mehr geschafft. Dazu schleppte er sich nach einer Woche am Montag um sieben ins Wachzimmer. Inspektorin

Zauner hatte ihm verraten, dass Weimperl dienstfrei hatte. So konnte sich Beer heute wenigstens den Rapport ersparen. Trotzdem war ihm, als würde er gleich zusammenbrechen. Sein Blick war getrübt als hätte er Milchglas in den Brillen und auch Geräusche drangen manchmal nur sehr gedämpft wie von ganz weit weg in sein Bewusstsein.

Um elf hatte er dann einen Facharzttermin, bis dahin musste er den Abschlussbericht schaffen. Der Arzt würde ihn hoffentlich auf Kur oder Erholung schicken. Oder wenn es sein musste ins Spital einweisen. So ging es nicht weiter. Beer war noch immer völlig ausgebrannt und fertig. Eine Woche Ruhe hatte nicht gereicht.

Im Parteienraum bewegte sich etwas. Nicht laut, aber Unruhe war spürbar. Dann kam Barbara Zauner herein und meldete, eine Dame wolle eine Aussage machen. Nur bei Beer und nur unter vier Augen. Man hätte ihr erklärt, dass das nicht möglich sei, aber die Dame ließe sich nicht abweisen, sie hätte Beers Fahrrad am Parkplatz erkannt und wüsste, dass er da sei. Beer zuckte mit den Schultern.

Noch bevor er kapiert hatte, worum es ging, stand schon eine graue Maus im grauen Wachzimmer. Ziemlich groß für eine Maus. Und ziemlich dünn. Mit einem runden Gesicht und leuchtenden Augen. Sie wartete, bis sie allein waren. Beer hob den Blick – um Gottes willen die Pokorny! „Was hab i verbrochen...?" Was wollte denn die schon wieder?

„Lieber Herr Beer!" Sie betonte jedes einzelne Wort, als würde er nicht Deutsch verstehen. „Sie sind ein so guter Mensch!" Nein ich kann wirklich nichts mehr für deine Flüchtlinge tun, dachte Beer kraftlos.

„Ich soll Sie herzlich grüßen lassen von Ali! Er hat ein WhatsApp geschickt. Er ist jetzt in einem anderen Land. Und er ist Ihnen sehr sehr dankbar, dass Sie weggeschaut haben!"

„Ich habe nicht...", stammelte Beer. Pokorny verschloss Beers Mund mit ihrer jungfräulichen Hand. Dann fasste sie nach seinen beiden Händen und blickte ihm tief in die Augen.

„Ich danke Ihnen! Sie sind ein guter Mensch!"

Beer kämpfte mit den Tränen. Seltsam, ausgerechnet aus Pokornys Händedruck und ihrem Blick strömte so viel Wärme auf ihn ein, dass er zum ersten Mal in seinem Leben das Gefühl hatte, er hätte es wirklich zu etwas gebracht im Leben.

Dank

Herzlichen Dank allen, die mich bei der Arbeit an diesem Buch unterstützt haben: Andrea, Axel, Christine, Gerald, Klaus, Klemens, Mechtild.

Dank auch all den vielen, die mir - wohl unbewusst - durch ihre Haltung, ihre Sprüche oder ihr Handeln Ideen zu diesem Roman geliefert haben.

Martin Renoldner, geb. 1957, lebt im Mühlviertel und war in verschiedenen pädagogischen und sozialen Berufen, aber auch als Kabarettist und in der Gemeindepolitik tätig. WAS HAB ICH VERBROCHEN? ist seine erste Buchveröffentlichung.

Krimi ist oft wie Puppentheater für Große: Kasperl fängt Räuber wegen Diebstahl eines Krapfens und alles ist wieder gut. WAS HAB ICH VERBROCHEN? konzentriert sich - fern von üblichen Verwirrspielen um Verdächtige, falsche Alibis und eheliche Untreue - auf die alltäglichen Abgründe des menschlichen Zusammenseins, denen weder Polizei noch Gerichte Einhalt gebieten können.

Handlung, Personen und Orte sind frei erfunden. Dass Lebenserfahrungen auf das Schaffen eines Autors einwirken, versteht sich von selbst. Im Abspann der legendären Radio-Satiresendung DER WATSCHENMANN hieß es dazu: „Solchene Sachen lassen sich gar nicht erfinden, NICHT einmal von unserem Etablissement. Wir bitten, dieses NICHT zu verwechseln!"

Dem ist NICHTS hinzuzufügen.